序言

古代中国是一个科技强国，我们的先民更是擅长发明创造。除了造纸术、印刷术、指南针和火药这类人人皆知的古代发明外，我们的祖先还创造出了不计其数的发明，发现了各种原理，建造出了举世闻名的伟大工程。比如，由我国先民最先栽培的重要的粮食作物之一的水稻，随着秦始皇一同沉睡在秦始皇陵中的兵马俑，以及与现代的照相、投影技术息息相关的光学原理——小孔成像等，这些发明创造或是由先民历经千辛万苦才被创造出来的，或是在某些事物的基础上演变而成的。它们与我们的生活密不可分，为人类发展和科技进步带来了重要的影响。

因此，我们选取了 32 种中国原创的、具有代表性的重要科技成就，并将这些科技成就的由来和原理绘制成了这套《中华造物记》。本册的书名为《建造奇妙的工程》，以中国古代的各项影响深远的重大工程为主题，带领小读者们穿越到古代，探索古人是如何建造出这些奇妙的工程的。

万里长城如穿梭在崇山峻岭间的一条巨龙，但在交通、技术并不发达的数千年前，中国先民是如何建造出这条“巨龙”的呢？洪灾会给人们带来惨重的人员伤亡和巨大的经济损失，但战国末年由李冰主持修建的都江堰，替巴蜀地区的人们解决了洪灾之难，都江堰又是怎样发挥作用的呢？不用急，翻开这本书，你可以从书中找到这些问题的答案。

都江堰 02
长城 06
秦陵兵马俑 10
安济桥 14

送给孩子的

古代科技发明史

中华造物记

·建造奇妙的工程·

蓝灯童画◎编绘

科学普及出版社

·北　京·

图书在版编目（CIP）数据

中华造物记.建造奇妙的工程 / 蓝灯童画编绘. --
北京：科学普及出版社，2022.5
ISBN 978-7-110-10412-5

Ⅰ.①中… Ⅱ.①蓝… Ⅲ.①技术史－中国－古代－
儿童读物 Ⅳ.①N092-49

中国版本图书馆 CIP 数据核字 (2022) 第 016222 号

策划编辑	胡　怡
责任编辑	胡　怡
封面设计	贾　莹
正文设计	董　雨
责任校对	张晓莉
责任印制	马宇晨

出　　版	科学普及出版社
发　　行	中国科学技术出版社有限公司发行部
地　　址	北京市海淀区中关村南大街 16 号
邮　　编	100081
发行电话	010-62173865
传　　真	010-62173081
网　　址	http://www.cspbooks.com.cn

开　　本	889mm × 1194mm　1/12
字　　数	160 千字
印　　张	14
版　　次	2022 年 5 月第 1 版
印　　次	2022 年 5 月第 1 次印刷
印　　刷	北京世纪恒宇印刷有限公司
书　　号	ISBN 978-7-110-10412-5 / N・257
定　　价	198.00 元（全 4 册）

大运河 18
苏州园林 22
应县木塔 26
紫禁城 30
主要参考文献 34

都江堰

位于四川省北部的岷江河流量大，速度急。每逢春夏时节，河水上涨，岷江都会暴发洪灾。洪水带着大量的泥土、沙石，从上游哗啦哗啦地冲下来，向南流去。东部的成都平原的农田却得不到岷江的灌溉，实在是可惜。

秦昭襄王末年（公元前256—前251年），蜀郡太守（相当于今四川省人民政府省长）李冰发现了这个问题，开始主持兴建都江堰。都江堰的渠首枢纽共包含三部分，分别是鱼嘴、飞沙堰和宝瓶口。都江堰不仅解决了岷江洪水泛滥的问题，还将水引入成都平原，让成都成了“天府之国”，泽被后世。

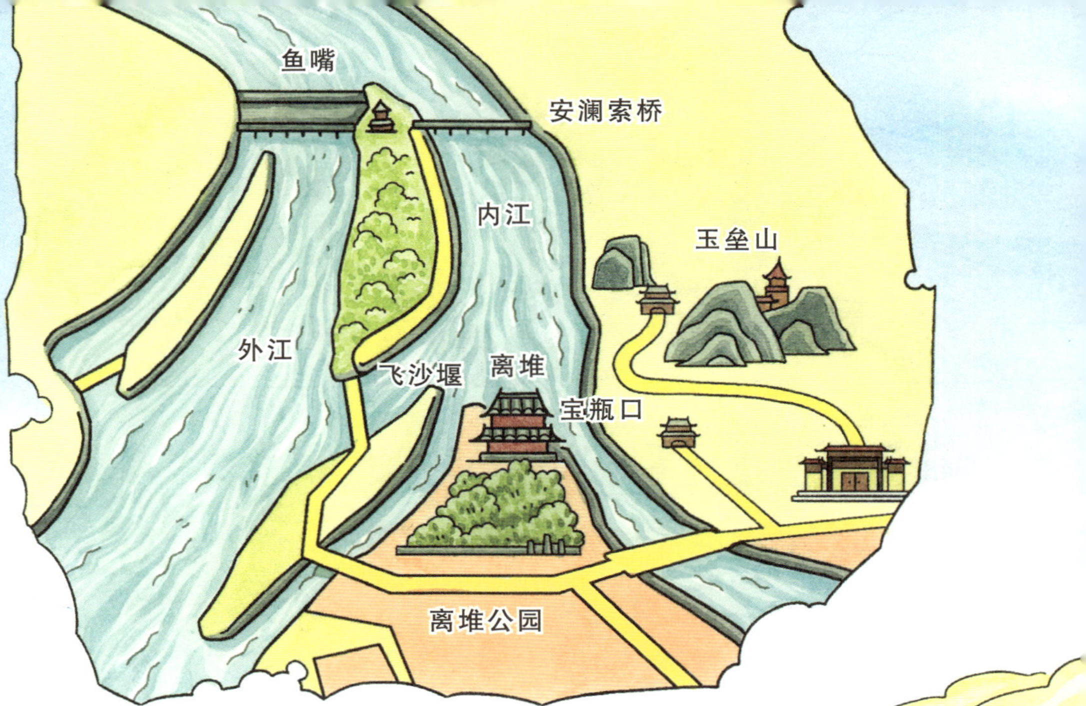

都江堰工程示意图

宝瓶口（引水工程）

宝瓶口是都江堰水利工程中修建最早的一处，人们在岷江边上的玉垒山打开一个缺口，引江水去浇灌干旱的成都平原。宝瓶口像瓶口一样，上宽下窄，这样的设计可以预防在丰水期或山洪暴发时，过多的水一下子灌入成都平原。

宝瓶口的修建

古人在修建宝瓶口的时候，炸药还没被发明出来。于是，聪明的古人想出来了一个好主意：先用火烧石头，再浇上冷水，利用热胀冷缩的原理来把山上坚硬的大石头化整为零。

鱼嘴（分水工程）

鱼嘴像个扁扁的带尖角的分水器，把岷江分成了内江和外江。内江引水灌溉，外江泄洪分流。

在枯水期，鱼嘴比江面高出许多，能顺利地把大部分的江水引入内江。江水通过宝瓶口，灌溉成都平原。

在丰水期，江水能够完全淹没鱼嘴，使外江的河道更宽。大部分的江水通过外江流走，这样一来，江水就不会过多地流入成都平原，引发水灾。

飞沙堰（溢洪排沙工程）

飞沙堰建造在金刚堤尾部，靠近宝瓶口的位置。它是都江堰水利工程中最后建成的工程。

它的建造有两个目的：一是为了减少进入宝瓶口的洪水，防止成都平原水灾；二是利用离心力，分离水流中夹带的大量泥沙，避免堵塞内江、宝瓶口以及灌溉成都平原的人工水道。

有趣的是，都江堰的“堤”又高又坚固，无法让水顺利地流过去，而“堰”都是矮矮的，会随着河水变化而发生改变。比如发生特大洪水时，矮矮的飞沙堰会被大水完全冲垮，这就使得更多的洪水从外江流走。

杩槎　用木料制成的锥体支架，内压重物。杩槎易拆易建，造价低廉，木料可重复使用。

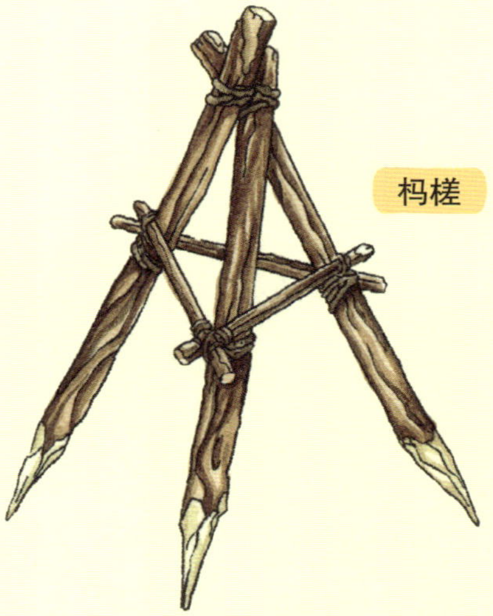

除了鱼嘴，古人还使用杩槎（mà chá）、竹笼等工具来截流。把杩槎或竹笼连成一列，这样可以组成一面临时的墙来调节水量。

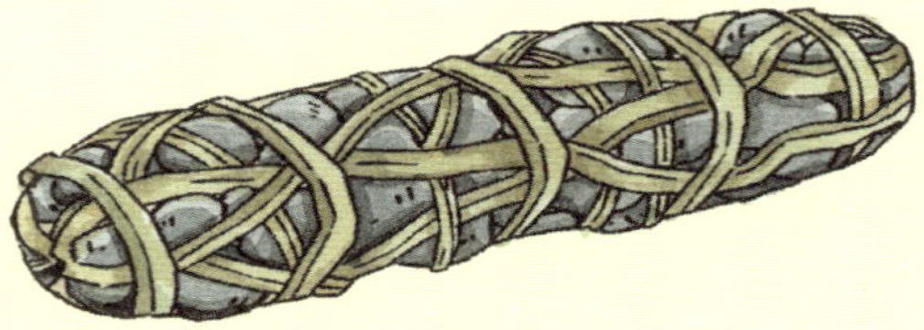

竹笼　用竹子编成的长条笼子，里面装满了石头。

年年检修的都江堰——岁修制度

岷江的江水带着大量的泥沙，洪水还有可能会冲垮鱼嘴和飞沙堰，所以人们每年都要仔细地检查和修缮都江堰。这才让都江堰拥有了长久的生命，直到现在都还在努力地工作着。

岁修遵循“深淘滩，低作堰”的原则

“深淘滩”说的是每年都要把都江堰内外江的河床挖至一定的深度，以便容纳更多的河水。

“低作堰”指飞沙堰不能筑得太高，否则会影响泄洪和排沙的效果。

长城

我国北方有一道城墙，像巨龙一样穿梭于崇山峻岭之间，西接大漠，东连沧海，它就是长城。

土石　修建长城的主要材料，后被砖头取代。

为了抵御来自北方的游牧民族，自春秋战国时期开始，中原地区的人民就开始修筑长城了。秦始皇统一六国后，命人将原诸侯国所修的长城连接了起来，万里长城由此形成。此后的多个王朝也在继续修建长城。

中国历代长城的总长2万多千米，我们现在所见的长城多为明朝所建，明长城的总长为8851.8千米，其中人工墙体的长度为6259.6千米。

长城的建造方法

“因地形，据险制塞”是建造长城的基本原则，也就是说要先选出有利的地形，比如比较高的山头、断崖等，根据地形再建造长城。这样建造出的长城既省钱又省力，防守效果还好。

长城的构造

长城可不只是有连绵不断的城墙哦！长城主要由关城、城墙和烽火台三部分组成。

关城 关城是长城上重要的防御据点，通常会高于其他的烽火台，而且带有城门。关城的位置至关重要，一般会选择建立在利于防守的地方，易守难攻，能以较少的人数抵御众多的入侵者。著名的防御据点有山海关、嘉峪关和居庸关等。

城墙 城墙是长城用于防御的主体部分，墙顶上有留出供士兵巡逻行走的宽阔通道，边缘建有防止士兵掉下来的宇墙。除了防御外，城墙还能排水哟！

建造长城的材料

过去，造长城的材料五花八门，古人大多因地制宜、就地取材。比如人们将建造的地点选在山上，那他们就可以凿山取石，再垒墙。要是在黄土地带，他们就用黄土砌墙。如果在沙漠，他们就铺上一层层的芦苇和柳条，再加上沙子造墙；下雨时，雨水可以通过芦苇排出，不会造成城墙倒塌。

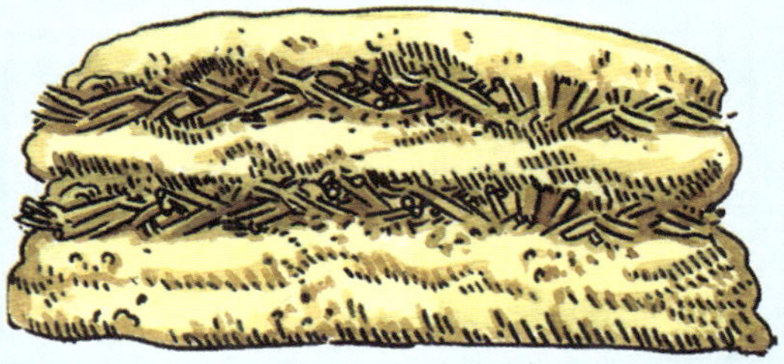

垛口

城墙上凸起的矮墙叫作垛口。垛口上面的小孔叫望孔，士兵可以躲在后面观察敌情。垛口的下方设置有射洞，用于射击敌人。

烽火台

烽火台是古代用于点燃烟火、传递信息的高台。将士们一旦遇到敌情，白天燃烟，夜晚点火。驻守远处的烽火台的士兵看到后，便会点燃信号，烽火台接连被点燃，信息就是这样被传递到都城里的。古人还会采用观察燃烟的大小、举火数目等方法来区分敌兵的数量。

秦陵兵马俑

野心勃勃的秦始皇认为，他的陵墓规模也要远超前人。出土于陕西省西安市临潼区的秦陵兵马俑，就是按照秦始皇的意愿，建造出的用陶土烧制成的“大型军队”。因为兵马俑排列的坑道位于主陵墓的外侧，所以较为可信的说法是，这支“兵马俑军队”是为了保卫秦始皇陵墓的主体部分而建。

基座 兵俑有基座，才可以更好地站立并排列在地面上。

除了兵马俑坑外，秦始皇陵中还有铜车马坑、珍禽异兽坑、马厩坑、百戏俑坑和石铠甲坑等，这些从葬坑共同构成了一座巨大的文物宝库。

高级军吏俑

又叫将军俑，在秦俑坑中非常少见，出土数量不足十件。其胸口通常带有花结，神情十分威严。

立射俑

立射俑通常不穿铠甲，束发挽髻，膝盖稍微弯曲，做出拉弓射箭的姿势。这说明在秦朝时，射箭就已经有了规范的射箭动作模式。

骑兵俑

因为古代的骑兵要骑马或者驾驶战车，所以装束和一般士兵的不太一样。骑兵俑头戴圆形小帽，身着窄袖短衣，脚蹬短靴，便于活动。

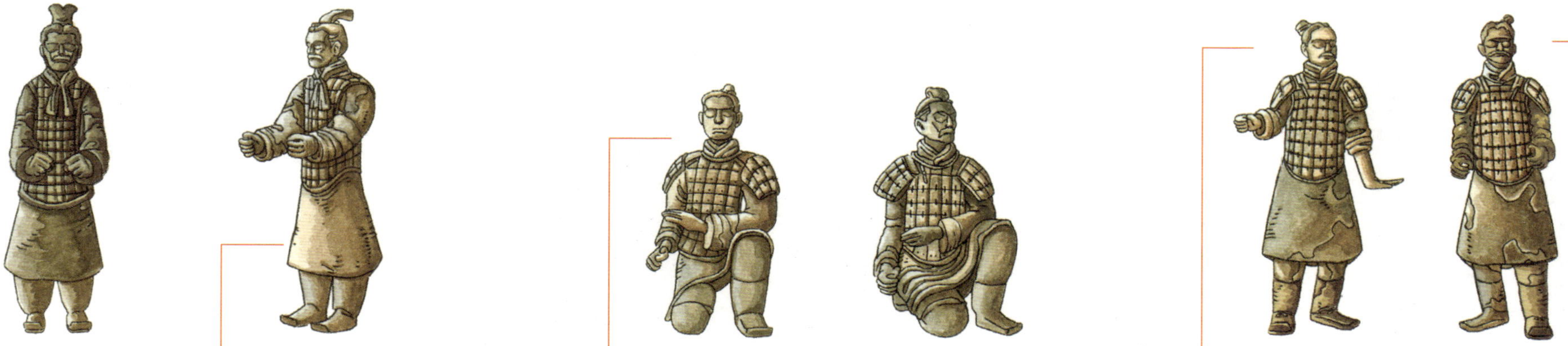

军吏俑

军吏是比将军身份要低一级的军官，所以军吏俑的头上通常戴着板冠，可分为中级和下级。

御手俑

御手是驾驶战车的士兵，身披铠甲，手上有护甲，颈部有颈甲。为了能抓住战车的缰绳，御手俑的双手都做成了向前伸的姿势。

跪射俑

和立射俑属于同一个兵阵，但是动作和装束却完全不一样。跪射俑通常穿着铠甲，左腿向前弯曲，右腿膝盖着地，双手放在身体右侧，一上一下地呈现出握着弓箭的模样。

车士俑

一般站在御手俑的两侧，身穿长襦袍和铠甲，手拿矛、戈、刀、戟等兵器。

兵马俑的制作过程

马俑

和真马一样大，一般站在骑兵俑的后方和战车的前方。

武士俑

俑坑中数量最多的普通士兵俑，平均身高约为1.8米，有些身穿战袍立于兵阵前方，有些穿着铠甲站在兵阵的中心。

1. 用湿润的泥土制作出兵俑的基座、身体、脑袋和四肢等各个部分。

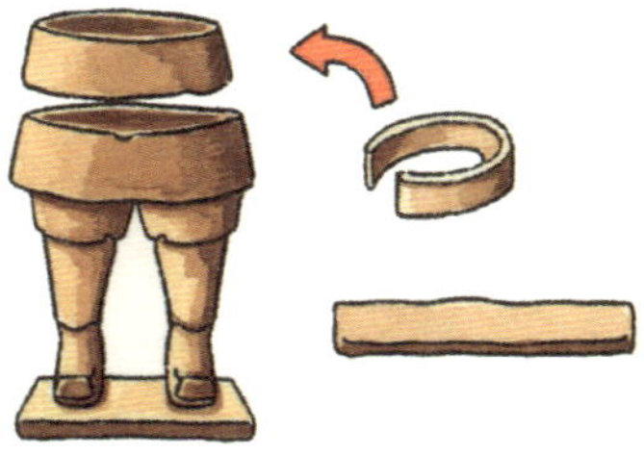

2. 晾干，雕刻细节。

3. 组合各个部分并用泥土粘好。

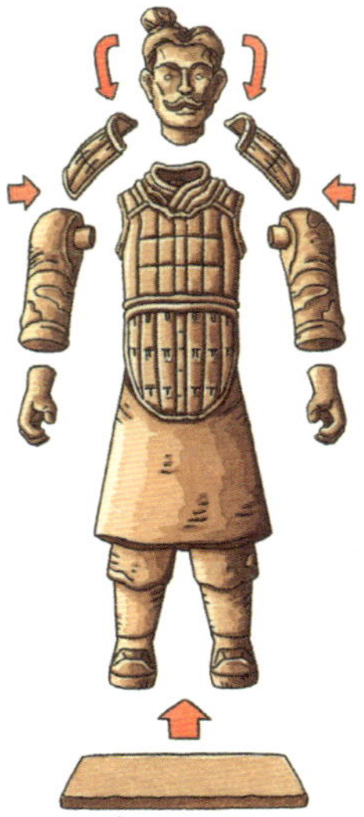

4. 放进土窑烧制。

5. 涂色。

安济桥

古时候的石拱桥犹如一弯横跨两岸的月牙，人们过桥如爬山，可费劲了。如果河面较宽，桥梁还需要桥墩来支撑桥体的重量，但大型船就很难从桥下通过了。

可是有这样一座特别的石拱桥，是我国现存最古老的单跨拱桥，桥面弧度小，也没有多余的桥墩，它就是巧夺天工的安济桥。安济桥经历了1400多年的风风雨雨，雷打不倒，车压不垮，地震不塌，到现在还能正常通行。

安济桥又名赵州桥，位于今河北省赵县城南的洨（xiáo）河上，由隋朝的名匠李春设计和建造，该桥建于595—605年。安济桥全长64.4米，宽9.6米，主孔净跨度约37米，拱高仅7.23米。桥面像现在的马路一样，分成了三条路，马车从中间通过，两侧是人行道。

一般的石拱桥

安济桥

安济桥的奇妙结构

不同于一般的石拱桥，安济桥的大拱是1个小于半圆的圆弧，弧度平缓，桥高降低，行人和车马都可以轻松地通行。

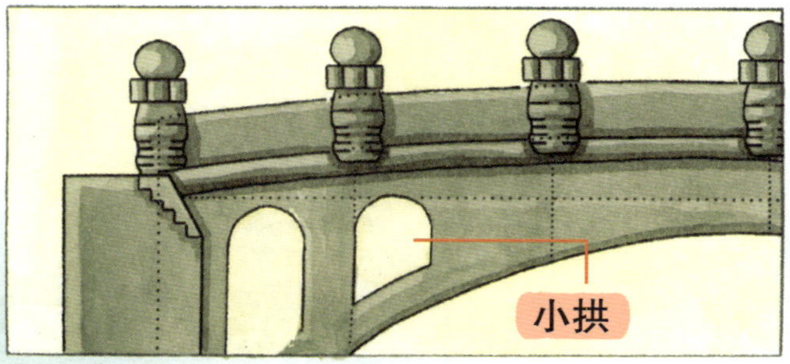

小拱 安济桥的两侧分别有2个小拱。可不能小看了这4个小拱哦！它们既能节省石料，又能减轻桥身的重量；此外，还增加了桥梁过水的面积，减少了河流洪水对桥面产生的冲击力。

铁拉杆

安济桥采用了纵向砌筑的方法，整座桥由并列的 28 道拱券组合而成。安济桥的桥身上半球形杆头则是为了加强拱券间的联系而在大拱上沿桥宽的方向设置的，大拱上有 5 根，每个小拱上各有 1 根。

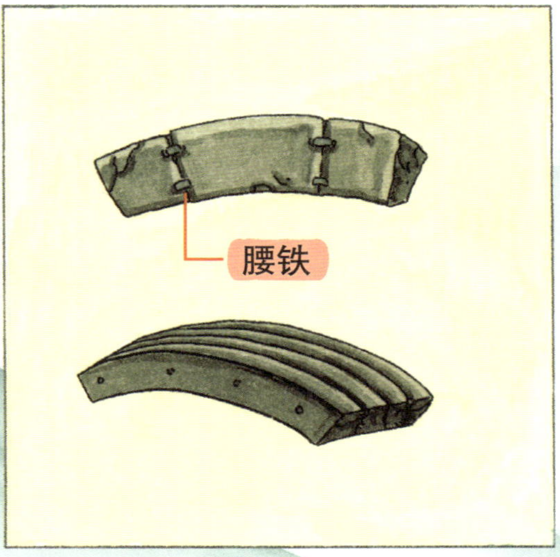

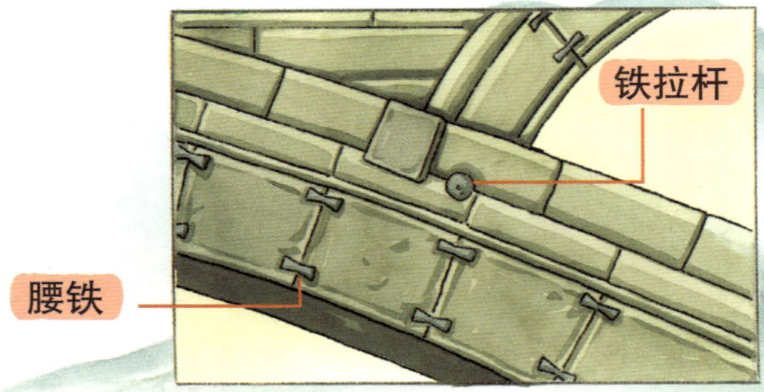

腰铁

除了铁拉杆外，安济桥的桥身上还有一些短短的腰铁。这些腰铁能够加固石块，让原本互不相连的石块变成一个整体。如果其中有石块受损，可以松开附近的腰铁，进行修补。人们在修补腰铁的时候，桥也可以正常使用。

大运河

古时候，人们想要运输货物，只有两种方式：陆运和水运。

陆运是用马车或牛车来运货。路远的话，一走就是好几个月，中途还可能要翻山越岭。不仅如此，这一路上需要耗费不少的时间和成本，车辆还拉不了多少货物，得不偿失。

选择水运，船可以承载更重的货物，既安全又省事。可并非处处都有河流，这该怎么办？

既然没有天然的河流，那就自己凿一条出来！就这样，古人开凿起了一条连通海河、黄河、淮河、长江和钱塘江五大水系，贯穿中国南北的大运河。

最早的运河

公元前 506 年，吴王阖闾（hé lǘ）命伍子胥开凿运河——胥江，这也是中国历史上最早的人工运河。

大运河进化史

中国历史上曾经形成两次大运河体系。第一次是在隋朝，大运河以洛阳为中心，北至北京，南达杭州。第二次是在元朝，大运河使南北河道大体取直，不再绕道洛阳。

隋朝的南北大运河

隋朝的南北大运河贯通于7世纪初，是中国第一次形成全国性的运河体系，也是中国第一条连通南北水上交通的大工程。不过，这条运河并没有笔直地贯穿南北，反而有点儿像三角形的一角，中间存在弯折。

元朝的京杭大运河

元朝的首都在北方的大都（今北京市），所以以洛阳为中心的运河就有点不太实用了。于是，古人在隋朝大运河的基础上进行调整，淮河以北的部分改由山东、河北直接北上至元大都，淮河以南的部分基本未变。调整后的运河便是京杭大运河。

华丽的大龙舟

在隋朝的大运河修好之后，隋炀帝建造了一艘巨大且华丽的龙舟，他曾经去江南地区巡游了3次。

龙舟就像一座巨大的水上宫殿，一共有4层，中间的两层有120多个房间。龙舟又大又重，需要纤夫们在两岸利用巨大的绳索牵引，才能驶动。

元、明、清时期的运河改造

沿河修建梯级船闸

中国的地势南低北高，货船无法直接逆流而上，古人便通过沿河修建梯级船闸的方式来解决这个问题。

1. 设置双船闸。

2. 船进入船闸，打开一边的闸门并放水，直到和另一侧的河面齐平。

3. 待船通过打开的闸门后，再关上船闸。

防止运河泥沙淤积

黄河里含有大量泥沙，容易堵塞运河，造成洪水泛滥。一物降一物，聪明的古人自然也想出了应对的方法。

1. 开一条新的河道，分开黄河和运河。

2. 建造高家堰，抬高淮河的水位，用淮河的清水冲洗黄河的浊水。

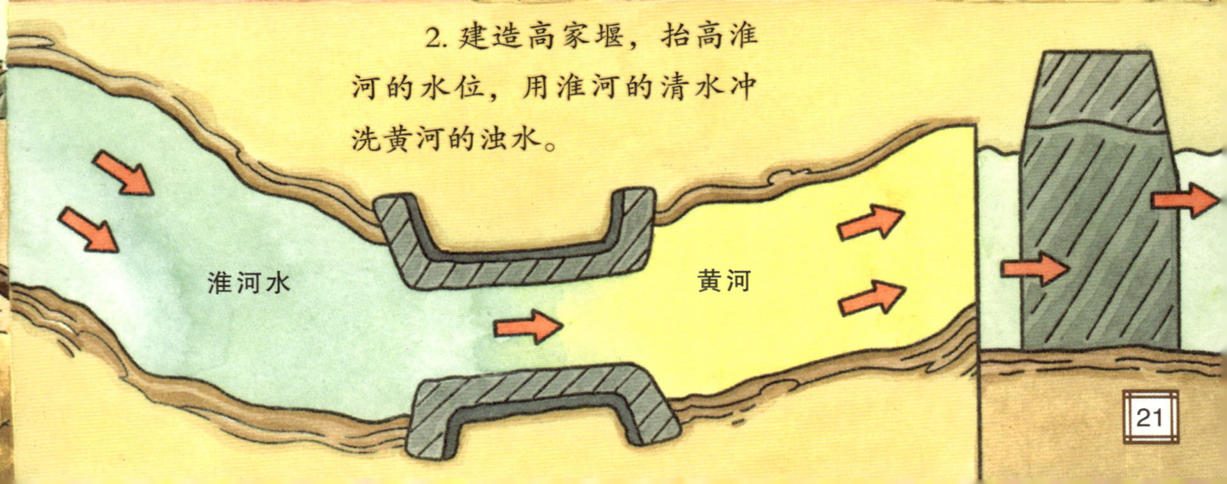

苏州园林

中国画，简称“国画”，讲究的是“意境”之美；而苏州园林，更像是“现实版的国画”，游人置身其中，就像人在画中一样。

其实，苏州园林指的是苏州的古典园林建筑，以私家园林为主。苏州园林的四大名园分别为狮子林、沧浪亭、拙政园和留园。

讲究构图的苏州园林

房屋

古人推崇对称美，一件物品的左边长什么样，右边也是什么样。这不仅体现在服饰图案等方面上，就连建筑也是如此，但苏州园林是个例外。它的东边建造了房屋和亭子，西边就不会再出现同样的建筑。布局独特的苏州园林的建筑造型更加丰富、精巧。

假山和池塘

太湖石是一种用于造假山的天然材料，常年受到水浪冲击，上面产生了很多形状奇特的孔洞。古代的“园林设计师”就非常喜欢用形态天然的太湖石来造假山，他们会根据这些石头的形状，决定每一块石头应该立在哪里或者堆成什么样，打造出“真正的山”。

既然假山都要仿真了，那水也模仿天然的溪流湖水吧！苏州园林里的池塘大多数是流动的活水，有些甚至被造成了天然河道的样子，颇具艺术性。

花草树木

苏州园林里的花草树木也很讲究，高的树和矮的树种在一起，落叶树木与常绿树木间隔种在一起，还要加上符合节气的花木、藤蔓等植物。

花窗

苏州园林里花窗的类型繁多，有些是“空窗”，为了展现人看向窗外时的园内景色；有些则会重点突出装饰效果。

花墙和走廊

古人造园林，都喜欢保持一点神秘感。如果刚一进门就看尽所有风景，那岂不可惜？所以，古人用墙体和走廊来遮挡视线，有效利用园内的空间。一园多景，既神秘又有深度。有趣的是，从苏州园林的门和窗看出去，每一个园里的景观都是一幅独立的画。

苏州园林的四大名园

沧浪亭：现为苏州最古老的园林，始建于北宋，南宋时一度为名将 韩世忠的宅第。园外有流水，园内有土山，土山上还建着沧浪石亭。沧浪亭的面积虽小，但是设计得依山傍水，如同置身真正的山林一般。

狮子林：始建于元朝，以园中千奇百怪的太湖石而闻名，有些太湖石真的像小狮子一样。

拙政园：始建于16世纪初，由明朝御史王献臣官场失意返乡后所建造。拙政园是苏州园林的代表作，也是苏州园林里面积最大的园林，完整地展现了苏州园林的设计特点。

留园：始建于明朝，以山水造景而著称。

应县木塔

你参观过建筑工地吗？现代的高楼大厦大多都用粗壮的钢筋做骨架，然后浇上水泥，一层一层地建造起来，既高大又结实。但在古代中国，大家都喜欢造木房子。你可能会产生这样一个疑问：木房子能经得住风吹雨打吗？那你可就需要了解下辽朝的应县木塔了。

应县木塔建造于 1056 年，直径 30 米，高 60 余米，平面八角，外观五层，是一座楼阁式佛塔。它的主体几乎都是用木头建成的，没有使用一根钉子。近千年间，应县木塔经历了数次地震、枪击、炮轰、雷电、大风等天灾人祸，至今仍矗立于山西省的土地上。

应县木塔是中国现存最古老的楼阁式木结构佛塔。2016 年，应县木塔被吉尼斯世界纪录认定为世界上最高的木结构建筑，几乎和一栋 20 层的现代高楼一般高。

不会倒塌的木塔

用木头做的高塔，为什么能这么坚固，经过近千年都不会倒塌呢？

应县木塔运用了古人最喜欢的建筑技术——榫（sǔn）卯（mǎo）结构。榫卯结构是建筑构件利用凹凸连接的一种形式，连接处凸出的部分为榫、凹进去的部分称卯。

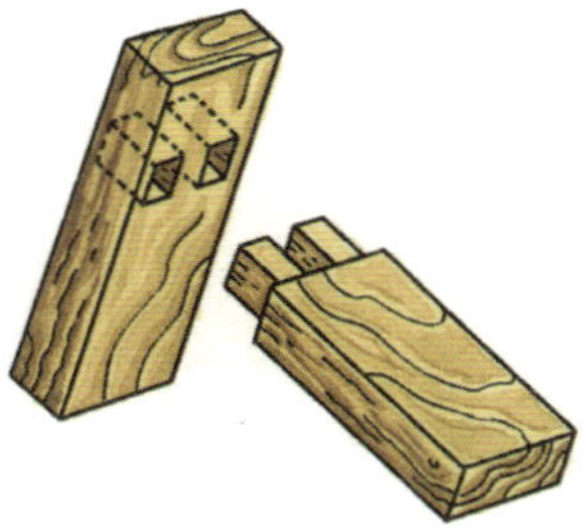

斗拱

应县木塔的每层屋檐下都有莲花状的建筑结构，这就是利用榫卯结构把各种形状的木块堆叠连接在一起做成的斗拱。斗拱有连接上下层、帮助建筑物承重的功能。当地震、大风等灾害来临时，斗拱还能起到抗震的作用，保护木塔。

塔顶

从上往下看，应县木塔的塔顶犹如一个八角形的盖子。顶端的铁制塔刹像糖葫芦一样串着一串宗教法器，连着 8 条铁链子。雷雨天，这串“糖葫芦”像避雷针一样保护着木塔，免遭雷击。

暗层

应县木塔外观 5 层，但实际有 9 层。每两层的中间都有 1 个用支撑木做成的圆环形暗层。4 层暗层就像 4 个牢固的箍子一样牢牢地箍住塔身的每个部分，防止它们移动变形。

梁柱

在基座的上面，32 根梁柱围成了一个八角形柱网，建造者再用横梁把这些柱子连成一个结实的整体。

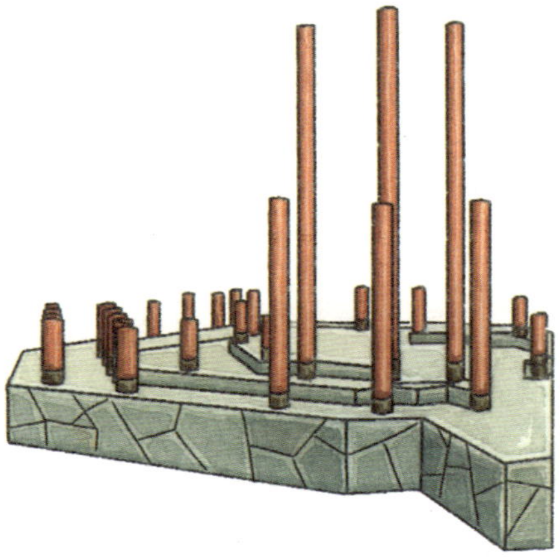

基座

应县木塔的基座很结实，由两层石制台基组成。

萧皇后和木塔

一般来说，在古代如此雄伟高大的应县木塔，通常只有皇室才有实力修建。据史学家考证，辽朝的萧皇后为了彰显家族的荣誉，向皇帝提出建议，在自己的家乡修建了这座木塔。因为建造在宋、辽的边境，应县木塔也兼具瞭望台的功能。

紫禁城

在我国的首都北京，我们能看到中国现存最大、保存最完整的宫殿建筑群——紫禁城。紫禁城即北京故宫，东西宽 753 米，南北长 961 米，四面围有高 10 米的城墙。城墙的外面有护城河环绕，里面有 9000 多间大大小小的房屋。从明朝到清朝，故宫内一共住过 24 位皇帝。

中国古代讲究“天人合一”，天上帝王的居所是紫微垣，那么人间皇帝住的地方便是紫禁城。紫禁城的“紫”指的正是北极星附近的星群紫微垣；“禁”则是想强调皇宫极为神圣，内外都管理十分严格，一般人禁止随便入内。

崇尚对称美的皇家

如果可以俯瞰故宫，你会发现紫禁城是一座方方正正的城池，非常讲究对称，重要的大殿都建在中轴线上。不仅整个紫禁城是对称设计的，就连里面的宫殿、亭台甚至园林都被设计成左右对称或左右呼应的样子。

高矮相间的建筑

古代建筑一般都不会很高，因为古人没有电梯，跑上跑下很麻烦；没有消防器，全用木头搭的房子，一旦着火很难扑灭。在这种情况下，要如何凸显某个建筑物的高大呢？这可难不倒古代的工匠们，他们想出了一个好主意，用又平又矮的回廊等建筑来衬托主体建筑的高大，比如用于处理皇家大事的太和殿。

从南到北，故宫里的宫殿按照皇帝生活的区域分成了办公区和生活区两部分。前面的太和、保和及中和三个大殿是皇帝的办公区，皇帝每天在这里接待大臣、完成工作。后面的乾清宫、交泰殿和坤宁宫是生活区，皇帝完成了工作，就可以到后面和皇后等家属一起娱乐休息。

特别的装饰物

紫禁城里的装饰和雕塑也有特殊的含义，比如放置于太和殿前的古代标准量器——嘉量及古代计时仪器日晷（guǐ），都代表着皇帝的权力；希望自己长生不老的皇帝则在太和殿东西两侧摆放着代表长寿的铜龟和铜鹤。

五彩斑斓的建筑

紫禁城里的建筑五颜六色，有黄色的琉璃瓦、红色的城墙、白色的栏杆和基座。屋檐下的彩绘里还有蓝色、绿色、金色和黑色，各种颜色交织在一起，相映成趣。

每种颜色都代表着不同的含义。这里用得最多的颜色是黄色，黄色代表土地和中央，是皇帝专用的颜色；红色代表火，意味着吉祥兴旺；绿色代表树木和春天，因为皇子的地位低于皇帝，所以住所的屋顶就是绿色的；黑色代表水，怕起火的建筑如紫禁城的图书馆——文渊阁的屋顶就是黑色的。

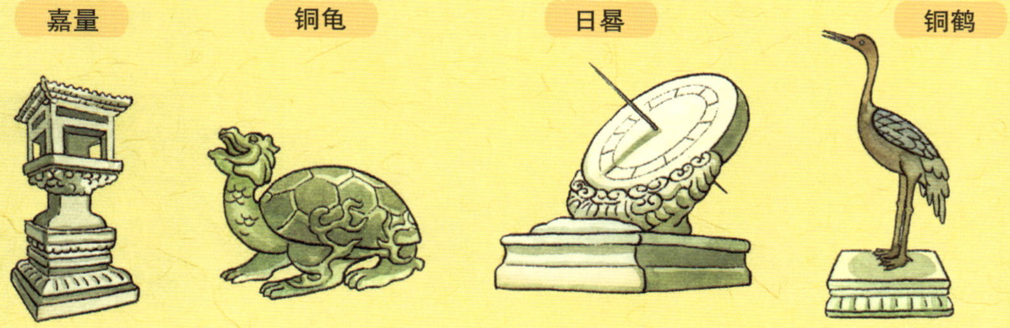

主要参考文献

[1] 中国科学院自然研究史学所 . 中国古代重要科技发明创造 [M]. 北京 : 中国科学技术出版社 ,2016.

[2]《中国大百科全书》编辑委员会 . 中国大百科全书·机械工程卷 [M]. 北京 : 中国大百科全书出版社 ,1987.

[3] 高鹏翔 . 中医学 . 第 9 版 [M]. 北京 : 人民卫生出版社 ,2018.

[4] 徐振韬 . 中国古代天文学词典 [M]. 北京 : 中国科学技术出版社 ,2008,64–65.

[5] 陈美东 . 中国科学技术史·天文学卷 [M]. 北京 : 中国科学技术出版社 ,2003,345–346.

[6] 戴念祖 . 中国科学技术史·物理学卷 [M]. 北京 : 中国科学技术出版社 ,2001,196–200.

[7] 马王堆汉墓帛书整理小组 . 五十二病方 [M]. 北京 : 文物出版社 ,1979,180–182.

[8] 黄龙祥 . 黄龙祥看中医 [M]. 北京 : 人民卫生出版社 ,2008,31–32.

[9] 徐琳 . 中国古代治玉工艺 [M]. 北京 : 紫禁城出版社 ,2011.

[10] 席泽宗 . 敦煌星图 [M]. 北京 : 文物出版社 ,1966(3):27–38.

[11] 闵宗殿 . 中国农史系年要录 (科技篇)[M]. 北京 : 农业出版社 ,1989.

[12] 钟少异 . 中国古代军事工程史·从上古到五代 [M]. 太原 : 山西教育出版社 ,2008,309.

送给孩子的

古代科技发明史

中华造物记

·创造技术和器物·

蓝灯童画◎编绘

科学普及出版社

·北　京·

图书在版编目（CIP）数据

中华造物记．创造技术和器物 / 蓝灯童画编绘．--
北京：科学普及出版社，2022.5
ISBN 978-7-110-10412-5

Ⅰ．①中… Ⅱ．①蓝… Ⅲ．①技术史－中国－古代－
儿童读物Ⅳ．① N092-49

中国版本图书馆 CIP 数据核字 (2022) 第 016198 号

策划编辑 胡　怡
责任编辑 胡　怡
封面设计 贾　莹
正文设计 董　雨
责任校对 张晓莉
责任印制 马宇晨

出　　版 科学普及出版社
发　　行 中国科学技术出版社有限公司发行部
地　　址 北京市海淀区中关村南大街 16 号
邮　　编 100081
发行电话 010-62173865
传　　真 010-62173081
网　　址 http://www.cspbooks.com.cn

开　　本 889mm × 1194mm　1/12
字　　数 160 千字
印　　张 14
版　　次 2022 年 5 月第 1 版
印　　次 2022 年 5 月第 1 次印刷
印　　刷 北京世纪恒宇印刷有限公司
书　　号 ISBN 978-7-110-10412-5 / N・257
定　　价 198.00 元（全 4 册）

序言

古代中国是一个科技强国，我们的先民更是擅长发明创造。除了造纸术、印刷术、指南针和火药这类人人皆知的古代发明外，我们的祖先还创造出了不计其数的发明，发现了各种原理，建造出了举世闻名的伟大工程。比如，由我国先民最先栽培的重要的粮食作物之一的水稻，随着秦始皇一同沉睡在秦始皇陵中的兵马俑，以及与现代的照相、投影技术息息相关的光学原理——小孔成像等，这些发明创造或是由先民历经千辛万苦才被创造出来的，或是在某些事物的基础上演变而成的。它们与我们的生活密不可分，为人类发展和科技进步带来了重要的影响。

因此，我们选取了 32 种中国原创的、具有代表性的古代重要科技成就，并将这些科技成就的由来和原理绘制成了这套《中华造物记》。本册的书名为《创造技术和器物》，以技术和器物为主题，讲述了古人的发明创造之路。

青铜器是可以彰显身份的礼器，形状样式颇多，还各有用途。这些青铜器是如何铸造而成的呢？战国时期，硬度更高的铁器开始慢慢取代青铜器，成为人们生活中重要的工具。最初的铁器是由什么材料打造而成的呢？造纸所需的原料是什么？不用急，翻开这本书，你可以从书中找到这些问题的答案。

中国的青铜器 02
冶铁技术 06
造纸术 10
指南针 14

中国的青铜器

中国的青铜器制作精美，虽然它的出现略晚于世界上其他一些地方，但它在世界艺术史上具有极为重要的地位。

青铜是由铜（红铜）、锡、铅等原料一起炼制而成的合金金属。刚被制作出来时，青铜器可不像现在这样看上去是青灰色的，而是像黄金一样非常亮眼的金黄色。所以，青铜在古代又被人们叫作“金”或“吉金”。

历经漫长的岁月，器具的表面难免会发生氧化反应或被锈蚀，呈现出青绿色，这也是现代人称它们为“青铜”的原因。

青铜克服了红铜柔软的缺点，不仅硬度变高，还变得更容易铸造。青铜既能被铸造成工具，也可打造成兵器。毫无疑问，青铜器的出现对中国社会的进步产生了深远的影响。中国的青铜器类型丰富，可分为炊器、食器、酒器、乐器、工具和度量衡器等。

你知道这些青铜器的名字和功能吗？

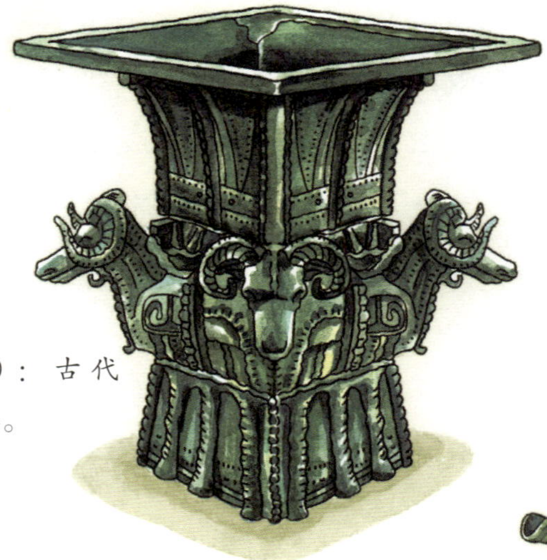

尊（zūn）：古代盛酒食的器具。

篮（guǐ）：古代盛食物的器具，多为圆形，两耳，相当于现在的大碗。

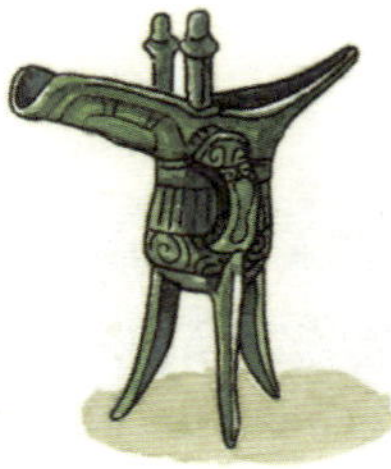

爵：古代饮酒的器皿，有三条腿，相当于现在的酒杯。商、周时期，饮酒器越小，显得主人的地位越显赫。

鬲（lì）：古代煮饭用的炊器，样子像鼎，足部中空，相当于现在的电饭煲。

鼎：古代煮食物用的器物，三足两耳，也有方形四足。

彰显身份的礼器

史学家们通常认为，中国青铜器的铸造兴起于夏，鼎盛于商、周，因此夏、商、周又被合称为“青铜时代”。在等级制度森严的古代，青铜器作为权力和地位的象征，只有上层贵族才有资格使用。

“九鼎”是什么？

随着社会的发展，鼎逐渐演变为在祭祀、丧葬等礼仪活动中使用的器物，用于凸显使用者的身份。相传，夏朝的开创者大禹曾在治水成功后，铸成9个铜鼎放在祭坛边。到了后来，“九鼎”作为礼器中的重中之重，被视为国家和权力的象征，“一言九鼎”和“问鼎中原”等成语都与它有关。

青铜器的铸造方法

古人铸造青铜器的方法主要有种：块范法、失蜡法和叠铸法。中，块范法出现于商周时期，对世的铸造技术影响深远。

以下是用块范法铸造青铜器的程。

制模

用泥土制作出器具的模型。

雕花

待泥模干燥到一定程度后，雕刻纹饰。

烧模

焙烧泥模，制成陶模。

翻范

让泥土紧贴在陶模表面，用力按压，使陶模的外形、纹饰反印在泥料上。

合范

1. 把翻好的数块泥片烧制成陶范，然后进行拼合，制成“外范”。
2. 均匀削薄翻范用的陶模，制成“内范”。
3. 将内、外范合为一体，两者间的空隙即为青铜器的厚度。

浇注

朝下放置拼合好的范口，从底部浇口倒入熔化的铜液，直到液体完全填满内、外范之间的空隙。

打磨和修整

待铜液凝固冷却后，打碎内、外范，取出铸件。然后，打磨和修整铸件，去除铸件表面上多余的铜块、毛刺。

精美的青铜器浇铸完成啦！

丰富的纹饰

青铜器的纹饰丰富多样，除了常见的几何纹，还包括夔（kuí）龙纹、凤鸟纹、兽面纹等。

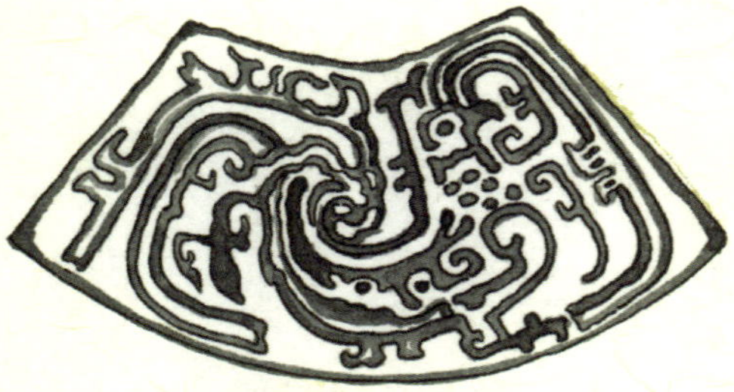

凤鸟纹

夔龙纹

兽面纹

冶铁技术

在我们的日常生活中，许多物品都是用铁制成的，比如剪刀、锅、护栏等物。关于铁的故事，我们得先从陨铁开始说起。陨铁是坠落到地球上的含铁量大的陨星，古人早先便是利用这些“天外来客”去锻造铁器。例如河北省藁（gǎo）城县台西村出土的商朝铁刃铜钺（yuè），经鉴定，它的刃刃部分就是由陨铁锻造而成的。

铁器时代

虽然商周时期就已经有了用陨铁打造的铁器，但冶铁技术却是在春秋时期才兴起的。与青铜器相比，铁器不仅轻巧、强韧、锋利，它的矿石原料也更容易获得。因此，铁器逐渐被应用到人们的生产和生活中，并慢慢取代了青铜器的地位，成为使用最广泛的金属工具。

采集铁矿石

《天工开物》中记载，铁矿往往分布在平原和丘陵地带，矿场的地表呈红褐色。铁矿石呈黑色，分为块状的“土锭（dìng）铁”和碎砂状的“砂铁”等形态。土锭铁露在地面上，可以直接捡起；砂铁则埋藏在浅层地下，古人常用牛犁耕浅土将其挖出。

铸造于后周时期的沧州铁狮子就是由生铁浇铸而成的哟！铁狮子现存部分的身长超6米，通高超5米，虽然遭受锈蚀，有所缺损，但仍重达30多吨呢！

沧州铁狮子

冶铁方法

古代的冶铁方法主要有两种，分别是“块炼法”和“生铁冶铸法”。

块炼法 把铁矿石放入炭火中加热，炼制成海绵铁；接着“趁热打铁”，经过锻打，去除杂质，制成熟铁。通过锤锻，小块的铁会逐渐融合在一起，最后被制成铁器。

为什么要把捶打好的铁器放进冷水里呢？

铁匠将烧红的铁捶打出形状后放入水中，快速冷却，这个环节叫作淬火。铁器经过淬火，其硬度、耐磨性及韧性等性质都能得到很大的提升。

铁器制品

生铁含碳量高，质地又脆又硬，容易断裂，只适合制作一些粗笨的器物；熟铁含碳量低，质地更软，更容易塑形，可以做出形状更复杂的器具。

生铁冶铸法

1. 炼制铁水

将矿土放进炉里炼制铁水。熔炉的下部有小孔，炼制时需用泥封住，每两个小时打开一次，以便让铁水流出。炼制一炉铁水通常需要用 2000 余斤铁矿土。

2. 生铁冶炼

出炉后未经炒过的铁水，叫作生铁。铁水流入条状或圆块状的模具里冷却定型，待其完全凝固后就可以取出了。

3. 熟铁冶炼

出炉后炒过的铁水叫作熟铁。熟铁是在生铁的基础上进一步加工而来的：把铁水引入方塘，迅速撒入泥粉并用柳棍搅拌。经过一番“翻炒”后，就能得到熟铁了。

造纸术

我们在课堂上使用的课本、练习册，喝水时用到的纸杯和纸吸管等都是用纸制成的。东汉时期，蔡伦改进造纸术，用树皮、麻头等廉价的材料，造出了平滑光洁且适合书写的蔡侯纸。

后来，又轻又薄的蔡侯纸逐渐替代了竹简和绢帛，成了古人保留文字和传播信息的理想载体，甚至对人类文明也产生了重大的影响，而造纸术也被列为中国古代四大发明之一。

我国的纸和造纸术于公元3—5世纪，先后传入越南、朝鲜、日本，8世纪传至西亚，12世纪传入欧洲。

蔡伦，东汉发明家，字敬仲，担任尚方令（古代制造帝王所用器物的官员）一职。他总结前人造纸的经验并进行技术革新，生产出了质量更好且价格低廉的纸。

文字载体的“进化”过程

在没有纸之前，古人常将文字和图画刻在龟甲兽骨、陶器、金属器皿或石头上。

古人的造纸术

《天工开物》中记载了以竹子为主要原料的造纸法。

煮楻（huáng）足火

把浸泡好且捣碎过的碎料放进大锅中熬煮，煮到纤维分离，成为纸浆。锅盖上压石，能让纸浆煮得更软烂哦！

斩竹漂塘

砍下竹子，放入水塘，浸泡100多天，加入树皮、麻头、旧渔网等植物原料后捣烂。

除了竹子外，麻、藤、树皮、麦子和稻子的茎杆等植物的纤维都是造纸的原料。

后来，古人用竹简和绢帛来记录文字。但竹简很重，绢帛又很贵，都不能算是非常好的文字载体。

公元前2世纪（西汉时期），已经出现植物纤维做成的纸，但这种纸厚薄不均，表面也比较粗糙。

2世纪初（东汉时期），蔡伦以树皮、麻头、旧麻衣和渔网作为原材料，改进造纸术。

荡料入帘

待纸浆冷却，用竹制模具滤水捞起。只有熟练的造纸工人才能做出均匀的纸膜。

覆帘压纸

倒出纸膜并叠好，用木板压紧，在木板上放置重物，压出纸膜中的水分。

透火焙干

把压到半干的纸膜贴在炉火边上烘干，揭下后即为成品。

指南针

磁铁是一种天然的矿石，这种矿石非常神奇，一遇到铁质物体，就会立马吸上去，所以它还有个别名叫“吸铁石”。

秦汉以前，磁石写作“慈石”，这是因为古人认为磁石和铁的关系犹如慈母和孩子一般，相互吸引。古人会借助磁石的特性，用它来指南认北，辨别方向。司南和罗盘是我国早期的指南针。

司南

司南出现在战国时期，它是指南针的前身。古人将天然磁石雕琢成勺状，摆放在方形托盘上。托盘表面光滑，标有方位。用手拨动磁勺，它会自由旋转。当勺子静止时，勺柄所指的方向就是南方。唐朝以后，“司南”一词完全被“指南”所取代。

磁针和罗盘

北宋时期，沈括在《梦溪笔谈》中提出了用天然磁石摩擦钢针的人工磁化法。他们将司南的勺状磁石换为小巧的磁针，并将托盘的形状由方形改为圆形。不过，怎样才能让磁针在托盘上自由旋转呢？快来看看古人是如何解决这个问题的吧！

缕悬法

将细线的一端用蜡黏在磁针中间，另一端悬在木架上，下面放有圆盘。无风时，让磁针自由旋转，确定方向。不过，缕悬法容易受到风的影响，并且无法在颠簸状态下使用。

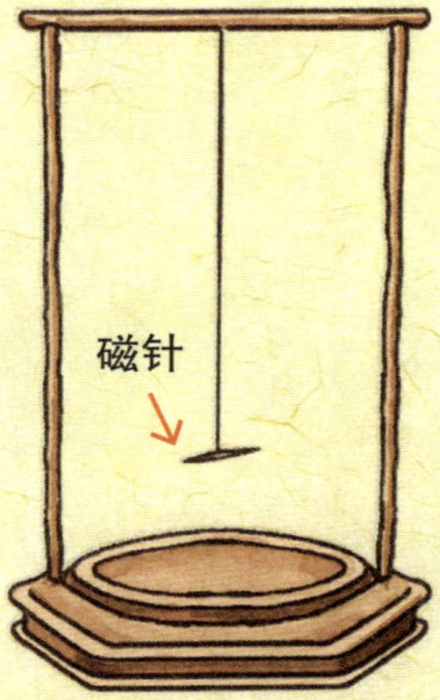

水浮法

将磁针穿过灯芯草，放在水面上，指示方向。唐朝末年，根据水浮法，人们发明了水罗盘。到了北宋时期，人们把水罗盘里的磁针做成两端尖锐的鱼形薄片，静置后，鱼头朝向的方向就是南方。水罗盘制造简便，但定向不稳且容易漂浮。

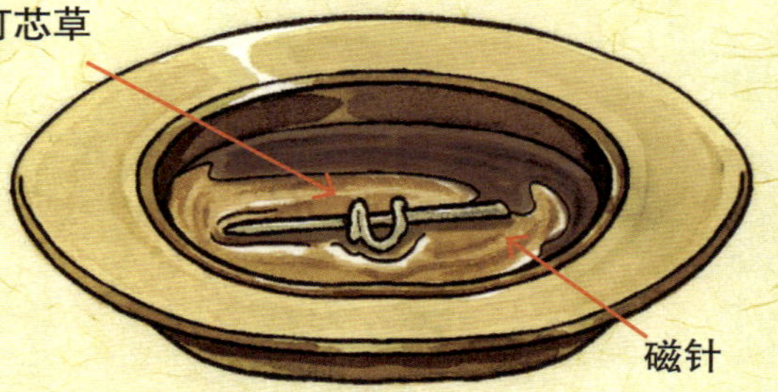

磁偏角

早在唐朝末期，古人就已经知道磁偏角的存在了。他们发现磁针所指向的南、北方并不是地理上的正南、正北，它们之间存在一个偏差角度，即磁偏角。

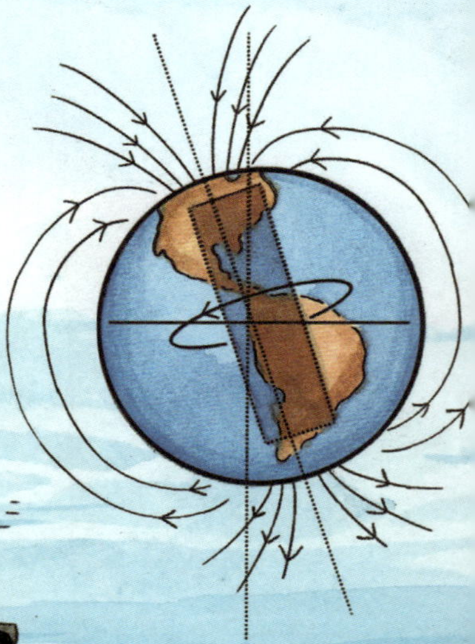

支轴法

用支轴支撑起磁针，让它自由旋转，指示方向。南宋时期，旱罗盘出现了。这种罗盘无须用水，磁针在铜钉的支撑下便可旋转定向。和水罗盘相比，旱罗盘的制作较为精细，定向也更为稳定。

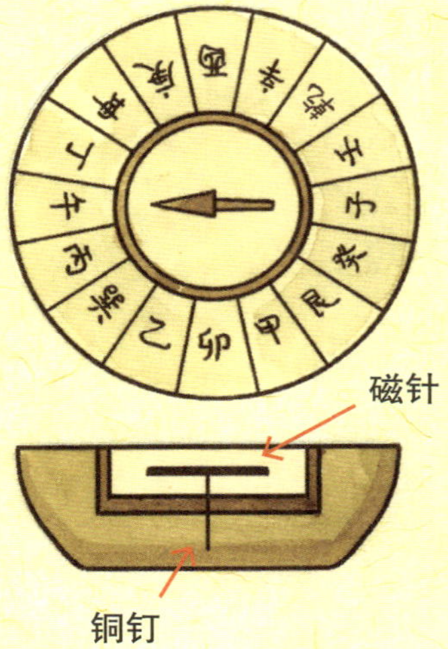

1985年，江西省抚州市临川区的一处南宋墓中出土了大批文物，其中的人俑像手里抱着的正是旱罗盘。

指南针的发展及应用

作为中国古代的四大发明之一，指南针作为一种指向仪器，被广泛运用于风水堪舆（yú）、航海、军事，以及测量和日常生活之中。北宋人在航海旅行时，会使用水罗盘来定位。

后来，中国的水罗盘和旱罗盘传入西方，西方人对旱罗盘进行了改造，最终制成了中西合璧式的旱罗盘。这种旱罗盘既灵敏，又方便，和现代罗盘仪相差无几。

瓷器

中国有一种传统器物，因为其精美的外观和细腻的质地，受到世界各国人民的喜爱，它就是瓷器。我们最熟悉的瓷器应该是白底蓝纹的“青花瓷”，其表面上绘制着各种活灵活现的图案，显得素雅又端庄。

瓷器里凝结了许多古代精工巧匠们的心血与才智，“凭君点出琉霞盏，去泛兰亭九曲泉”，就让我们一起去领略下瓷器的魅力吧！

瓷器的诞生

商朝早期，在瓷器还没有诞生前，古人使用的是陶器。后来，在烧制白陶和印纹硬陶器时，器皿表面出现了一层油润光亮的“衣裳”，原本粗糙的陶器变得细腻且富有光泽。这层薄薄的“衣裳”就是“釉”。

后来，古人不断地提高处理工艺，选取更合适的原料，并在器皿表面施釉，创造出了原始瓷。原始瓷的出现揭开了中国瓷器时代的序幕。

唐朝之前

东汉晚期，位于浙江省绍兴市上虞区的越窑烧制出了晶莹剔透的青色瓷器，这些青色瓷器就是青瓷。越窑青瓷是中国最久远的瓷器之一，器形丰富，是世界公认的“瓷母”。

到了南北朝晚期，北方地区开始流行一种白瓷，质地如冰雪白银般精美细腻。白瓷产自河北省的邢窑。隋唐时期形成了以南方地区烧制青瓷、北方地区烧制白瓷为主的“南青北白”的制瓷手工业新格局。

越窑青瓷

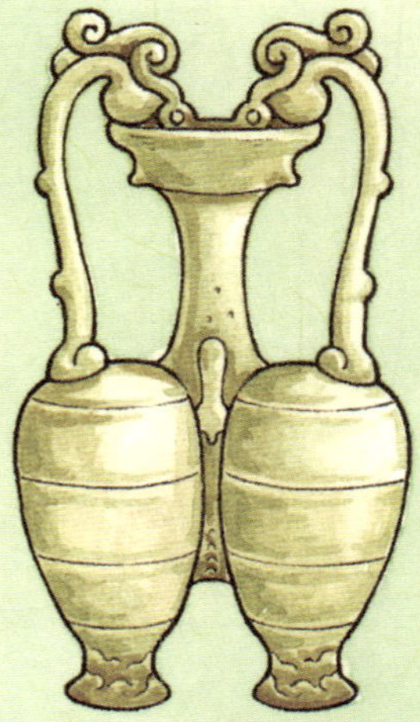

北朝白瓷

在唐朝以前，瓷器只有一种颜色，一般称之为单色釉或一道釉。单色釉瓷又分为素瓷和色釉瓷：素瓷指用天然釉色烧成的瓷器，比如青瓷、黑瓷、白瓷和青白瓷；色釉瓷则是人为往釉色中加入染料烧制的瓷器，色彩更加丰富，比如红釉、酱釉、蓝釉和黄釉等。

宋元时期

随着工艺技术的不断精进，宋元时期的瓷器的造型和色彩都变得多种多样，可以分为官窑和民窑两类。官窑指专门为皇帝等古代统治阶级烧制使用的瓷器，民窑则与官窑相对，指民家经营的窑。

宋朝五大名窑 宋瓷窑场首推汝窑、官窑、哥窑、钧窑、定窑，后人称之为“宋朝五大名窑”。

宋官窑
青釉方花盆

宋钧窑
钧瓷小口天球瓶

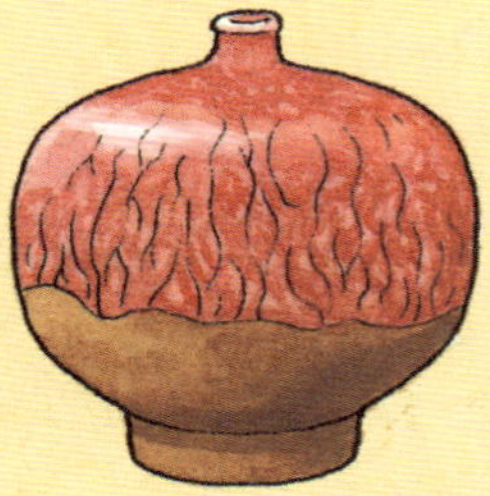

宋哥窑
青釉鱼耳炉

宋定窑
白釉八方四系瓶

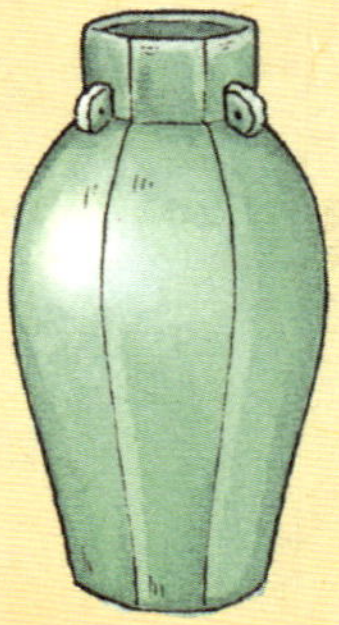

宋汝窑
青瓷奉华纸槌瓶

明清时期

在英文中，“China”指的是“中国”，当开头的“c”小写时，这个单词在英文中也指“瓷器”。瓷器不仅魅力无穷，还在世界陶瓷史上有着举足轻重的地位。

在一代代精工巧匠的不断改进和创造下，制瓷工艺在明清时期登峰造极，青花、五彩、斗彩、粉彩、珐琅彩等各类彩瓷推陈出新、争奇斗艳，并在全世界掀起了一股瓷器潮。具有异域风情的“外销瓷”由此诞生，随着“海上丝绸之路”流传到欧洲、非洲、亚洲及美洲。

斗彩

粉彩

五彩

珐（fà）琅

珐（fà）琅

青花

火药

古人将硝石、硫黄和木炭按照一定比例混合在一起，制成火药。因为混合物在点燃后能够猛烈地燃烧或发生爆炸，并产生黑色烟焰，因此这种火药又称为黑火药。实际上，原始火药的配方中并没有木炭的概念，更多的是通过燃烧皂角、蜂蜜等物来获取碳化物。

世界航天第一人

万户（元末—1390 年），本名陶成道。一天，万户坐上了一把绑有 40 多支火箭的椅子，手拿两只大风筝，希望借助巨大的推力冲上天空。然而，火箭升空后爆炸，万户也为此献出了生命。

万户被后世称为“世界航天第一人”。为了纪念他，人们还用他的名字来命名月球上的一座环形山。

不同形态的火器

经过不断的实验和改进，五代至北宋初期时，火药已被运用到了军事活动中。《宋史》记载了如火药箭、火蒺（jí）藜（lí）、霹雳火球等这一时期的火药武器。随后，火器发展出了更多的形态和种类。

火药箭

火药箭出现在宋朝，箭头后部绑着火药包。使用时，先点燃引火线，再用弓弩将其射至敌阵。

霹雳火球

因爆炸时声如霹雳而得名。由于火药里掺杂了碎瓷片和铁片，爆炸时，火球射出的碎片还可以杀伤敌人，类似于现在的破片手榴弹。

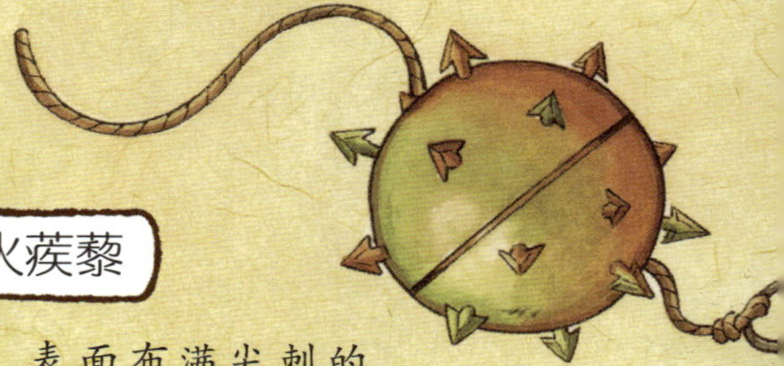

火蒺藜

表面布满尖刺的火药球，不仅能炸伤敌人，还能借着表面的尖刺伤敌人。

一窝蜂

明朝时发明的一种多发性火箭武器。筒形箭架里安置着 32 支通过引线相连的火箭，点燃后多支火箭同时发射，如蜂群一般飞出，可以攻击敌人。

突火枪

南宋开庆元年（1259 年），寿春府所造的突火枪是第一种见于记载的管状射击火器。突火枪以巨竹管做枪身，内装火药和弹丸。使用时点燃火线，发射“子窠（kē）”。

火龙出水

两级火箭的始祖，发明于明朝。用竹筒做成龙身，腹内装入几支火箭；用木头雕制龙头、龙尾，放于竹筒两端。龙身两侧各装有两枚大火药筒，点燃后使“火龙”喷火而飞。待火药燃尽，龙腹内的小火箭将被引燃，从龙口直射出去，继续飞向目标。

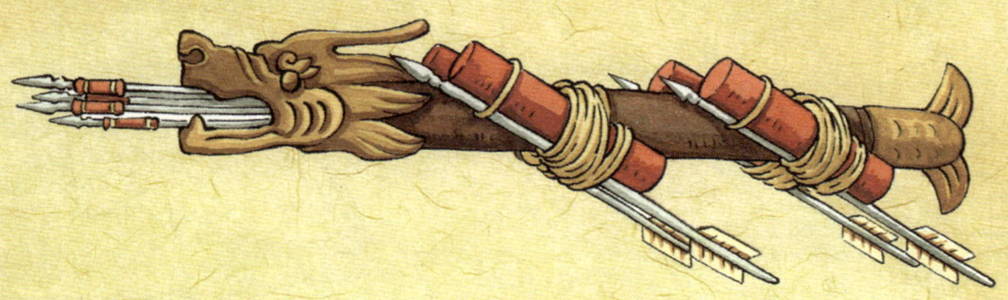

神火飞鸦

一种乌鸦形火器，发明于明朝。将竹篾（miè）编扎成乌鸦形框架，再用纸封糊。“乌鸦”内装有火药，身侧装有两支用来推进飞行的火药筒。

火药西传

早在八九世纪，火药的原料之一——硝石就已经跟随医药、炼丹术一起传到了阿拉伯地区。不过那时，硝石仅被运用在治病、冶炼金属和制作玻璃等方面。

13 世纪，火药和火器分别经由商贸活动和战争，传入了阿拉伯地区。阿拉伯人通过中国火箭、火球等火药武器，掌握了火器的制造技术。

14 世纪初，欧洲人从阿拉伯人手中获得了火药和火器的制作技术。

印刷术

在我国“四大发明”之一的印刷术发明之前，书籍都是由人工一笔一画、手抄誊写的。但手抄既费时，又费力，还容易错抄、漏抄，效率非常低下。于是，我们的祖先在印章、拓印、印染技术的启发下，发明出了雕版印刷术。自唐朝至清末，中国一直以雕版印刷为主。据估算，利用雕版反复印刷，一个印工一天可印完上千张，一块印板甚至可以连印上万次！

到了 11 世纪中叶，毕昇（shēng）发明出了胶泥活字来进行排版印刷。而后还出现了木活字、锡活字、铜活字和铅活字等用其他材料制成的活字。

雕版印刷过程

1. 写样字

将文稿的正面粘贴在有一定厚度的木板上。

2. 刻字

用刀剔除木板上没有字的部分，木板上仅留下字体突出的阳文。

3. 清洗

用热水冲洗雕好的板。

4. 印刷

在雕版上均匀涂刷墨汁，接着把纸覆盖在上面，用刷子轻刷纸背。待纸上印出完整内容后，揭起并阴干。

宋朝的雕版材料

宋朝是雕版印刷的全盛时期，那时的人们多选用较好的梨木或枣木作为雕版材料，所以人们有时会以“付之梨枣”来指代雕版刊印书籍。

最早的纸币

雕版印刷的出现和普及，不仅推动了书籍的批量印制，还促进了纸币的诞生。早在宋朝，四川民间商号就开始使用一种叫作“交子”的纸币了，这也是目前世界上最早使用的纸币哦！

唐朝印刷品

1900 年，人们在敦煌千佛洞里发现了一卷印刷精美的《金刚经》，卷尾写有“咸通九年（868 年）”等字样。这是目前世界上最早的有明确刊刻时间的雕版印刷品。

活字印刷术

雕版印刷的出现令书籍的印刷变得方便不少，可制作版片费钱费时，一旦出现错别字，改起来也非常麻烦，有时候可能还得整块重刻。另外，木质板片还存在着变形、虫蛀、腐蚀等损坏的风险，并且存放版片也要占用大量空间。

北宋时期，毕昇所发明的“胶泥活字”完美解决了这些问题。印刷前，古人先将单字刻在小泥块上，一字一块。印刷时，拼合、排列字块，制成版面。这样一来，制版时间不仅大大缩短，活字还可重复使用，而且更容易收纳存储。

元朝时，科学家王祯创制出木活字检索系统——轮盘检字。工匠坐在两个圆盘中间，通过转动轮盘拣取需要的字。

活字印刷过程

1. 刻字

用胶泥做成许多大小一样的方块，在其中一端刻上反体单字。

2. 烧制

用火烧硬活字。为了能在同一版内重复使用，常用的字都会备有几个甚至几十个活字。

3. 储存

按音韵分类活字，以便快速拣字。

4. 排字

在带框的铁板上铺一层松脂、蜡、纸灰的混合物，将拣好的活字按顺序排满整个铁框，然后放在火上烘烤，熔化混合物。

5. 固版

用平板趁热按压活字，使字面平整。等混合物冷却凝固后，版型就制好了。

6. 印刷及拆板

在版型上刷墨，覆纸印制。印完后，取下活字，归还原位，以备下次再用。

玉石

自古以来，珠宝配饰就是身份与财富的象征。其中，有一种宝石被赋予了特殊的意义，在中国已绵延传承了7000多年。从皇权贵族到文人墨客，从祭祀礼器到日常配饰，我们在生活中处处都能见到它的身影。它就是玉石。

玉石可以说是见证了整个中国古代文明的发展历程，而它也是中华传统文化的重要组成部分。

早在原始社会，古人就认为玉石具有“灵性”了，早期的玉器有些被雕刻成法器，比如玉琮、玉璧；有些被雕刻成用于祭祀“神灵”的动物的形状，比如玉猪、玉鱼、玉虎等。

到了封建社会，玉石晶莹温润，被认为有“君子之德”，贵族阶层纷纷佩带玉饰自比君子。直到宋朝以后，玉器才真正开始在民间流行开来。民间玉器大多以花鸟、人物为题材，惟妙惟肖，充满了生活气息。

玉琮

商朝玉猪

战国组玉佩

战国瑞兽玉佩

战国仙女纹玉饰

各种各样的玉

“玉”指美好的石头，因此古人所说的“玉”，除了真玉(即角闪石)以外，还包括蛇纹石、绿松石、水晶、玛瑙等其他矿石。

中国是世界上最早开采和使用玉的国家，各种玉石的矿脉资源十分丰富，历史上著名的玉石产地有新疆维吾尔自治区的和田地区、河南省南阳市的独山、陕西省的蓝田县、辽宁省的岫(xiù)岩满族自治县。久负盛名的“和田玉”就因其产地而得名。

绿松石

蛇纹石

水晶

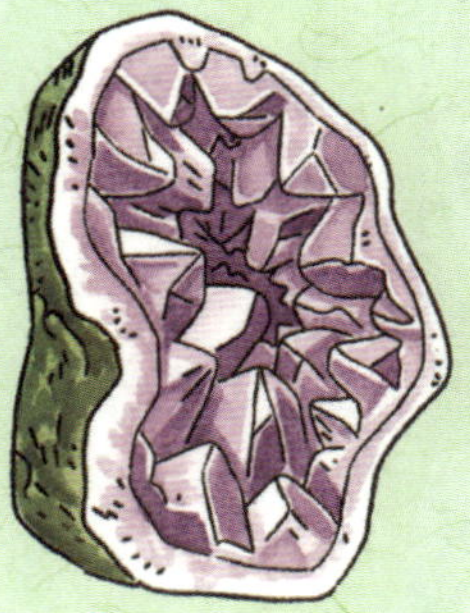

玛瑙

圆雕

浮雕

透雕

线雕

玉雕类型

古代的玉雕大致可分为线雕、圆雕、浮雕、透雕等类型，其工艺在明清时期达到了巅峰。玉雕主要集中在苏州和扬州两个地区，也就是玉雕业内颇有名气的“苏工”和“扬工”。

琢玉

古代将玉器制作称为琢玉。一件玉器要经历采玉、开玉、打磨、雕琢、抛光等一系列繁复的步骤才能完成，我们现在所使用的“琢磨”“切磋”等词皆出自琢玉的过程。

琢玉的过程

采玉

古代玉石采集一般在矿井或者河床中进行。矿井中采的是“硬玉（翡翠）”，河床中采集的是“软玉（和田玉籽料）”。

开玉

磨洗掉玉石表面的砂石，将大块的玉石开解成小块玉料，便于加工。

打磨

磨玉的轮子叫砣（tuó），将玉料用砣粗磨出大致形状后，再根据器型进行细磨。

雕琢

雕琢花纹，古人也将这一步称为上花。

抛光

用木头、牛皮等不同的材质将玉抛出不同的亮度。

主要参考文献

[1] 中国科学院自然研究史学所 . 中国古代重要科技发明创造 [M]. 北京 : 中国科学技术出版社 ,2016.

[2]《中国大百科全书》编辑委员会 . 中国大百科全书 · 机械工程卷 [M]. 北京 : 中国大百科全书出版社 ,1987.

[3] 高鹏翔 . 中医学 . 第 9 版 [M]. 北京 : 人民卫生出版社 ,2018.

[4] 徐振韬 . 中国古代天文学词典 [M]. 北京 : 中国科学技术出版社 ,2008,64–65.

[5] 陈美东 . 中国科学技术史 · 天文学卷 [M]. 北京 : 中国科学技术出版社 ,2003,345–346.

[6] 戴念祖 . 中国科学技术史 · 物理学卷 [M]. 北京 : 中国科学技术出版社 ,2001,196–200.

[7] 马王堆汉墓帛书整理小组 . 五十二病方 [M]. 北京 : 文物出版社 ,1979,180–182.

[8] 黄龙祥 . 黄龙祥看中医 [M]. 北京 : 人民卫生出版社 ,2008,31–32.

[9] 徐琳 . 中国古代治玉工艺 [M]. 北京 : 紫禁城出版社 ,2011.

[10] 席泽宗 . 敦煌星图 [M]. 北京 : 文物出版社 ,1966(3):27–38.

[11] 闵宗殿 . 中国农史系年要录 (科技篇)[M]. 北京 : 农业出版社 ,1989.

[12] 钟少异 . 中国古代军事工程史 · 从上古到五代 [M]. 太原 : 山西教育出版社 ,2008,309.

送给孩子的

古代科技发明史

中华造物记

·发明饮食和衣物·

蓝灯童画◎编绘

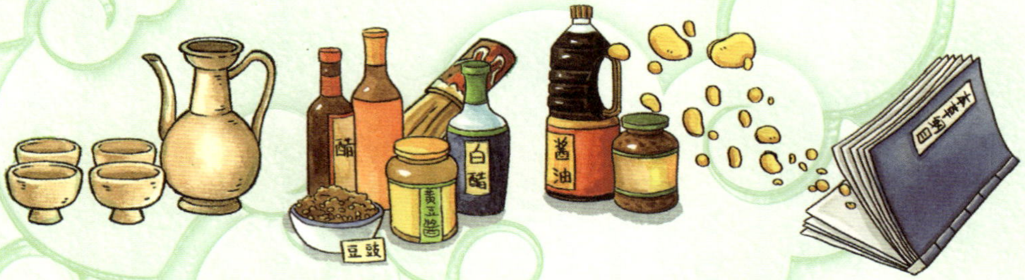

科学普及出版社
·北 京·

图书在版编目（CIP）数据

中华造物记．发明饮食和衣物／蓝灯童画编绘．--
北京：科学普及出版社，2022.5
ISBN 978-7-110-10412-5

Ⅰ．①中… Ⅱ．①蓝… Ⅲ．①技术史－中国－古代－
儿童读物Ⅳ．①N092-49

中国版本图书馆 CIP 数据核字 (2022) 第 016218 号

策划编辑 胡 怡
责任编辑 胡 怡
封面设计 贾 莹
正文设计 董 雨
责任校对 张晓莉
责任印制 马宇晨

出 版 科学普及出版社
发 行 中国科学技术出版社有限公司发行部
地 址 北京市海淀区中关村南大街 16 号
邮 编 100081
发行电话 010-62173865
传 真 010-62173081
网 址 http://www.cspbooks.com.cn

开 本 889mm × 1194mm 1/12
字 数 160 千字
印 张 14
版 次 2022 年 5 月第 1 版
印 次 2022 年 5 月第 1 次印刷
印 刷 北京世纪恒宇印刷有限公司
书 号 ISBN 978-7-110-10412-5 / N · 257
定 价 198.00 元（全 4 册）

序言

古代中国是一个科技强国，我们的先民更是擅长发明创造。除了造纸术、印刷术、指南针和火药这类人人皆知的古代发明外，我们的祖先还创造出了不计其数的发明，发现了各种原理，建造出了举世闻名的伟大工程。比如，由我国先民最先栽培的重要的粮食作物之一的水稻，随着秦始皇一同沉睡在秦始皇陵中的兵马俑，以及与现代的照相、投影技术息息相关的光学原理——小孔成像等，这些发明创造或是由先民历经千辛万苦才被创造出来的，或是在某些事物的基础上演变而成的。它们与我们的生活密不可分，为人类发展科技进步带来了重要的影响。

因此，我们选取了 32 种中国原创的、具有代表性的重要科技成就，并将这些科技成就的由来和原理绘制成了这套《中华造物记》。本册的书名为《发明饮食和衣物》，以我们日常生活中最为重要的衣和食为主题，带领小读者们了解古人的发明创造之路。

衣、食在我们的生活中是必不可少的两个方面。爱美之心人皆有之，追求美味的食物则是我们人类的天性。生于现代的我们并不会为衣食住行而感到发愁，可中国先民是如何吃上美味佳肴、穿得整洁大方的呢？他们又是如何发明或创造出这些物品的？不用急，翻开这本书，你可以从书中找到这些问题的答案。

水稻栽培

在远古时期，人们为了填饱肚子，花了很长时间追在猎物身后跑，累得要死不说，还有可能吃了上顿没下顿。后来，古人发现了一些野生的植物，这些植物能结出一些可以当作食物的果子或者种子。日复一日，年复一年，古人持续种植这些植物，挑选其中长得好、果实结得多、味道好的植物的种子，反复进行栽培，最终驯化了这些植物。粟和水稻是古老的被人类驯化的植物。

粟俗称谷子，也就是现在的小米。粟源于随处可见的狗尾巴草哦！因为它的抗旱能力超强，故成为古代中国北方地区的主要粮食作物。

稻是人类最重要的粮食作物之一，中国则是世界上最大的稻米生产国。长江流域及其以南区域的气候温暖，雨水充足，适合水稻的生长。由于一开始的种植方法比较落后，水稻的产量一直很低，只有贵族才能享用。在北宋之后，水稻才渐渐取代了粟，慢慢地成了五谷之首。

水稻　　粟

古代的主要粮食作物包括粟（小米）、黍（黄米）、菽（大豆）、麦（小麦）、稻（水稻）、稷（谷子）。

原始的种植方法

古人是怎么种植水稻的呢？其实最初种植水稻的方法特别简单：先用火把杂草烧干净，空出田地，种下种子；等到稻苗长到一定高度的时候，灌水进田，淹死比稻苗矮的杂草。这种原始的种植方法被称为“火耕水耨（nòu）”，但水稻的产量特别低，并不能让大家都吃上米饭。

1. 浸种

用稻草或麦秆包裹好种子，在水里泡几天，等待种子发芽。

2. 整理田地

用农具翻土，把田地整理成适合种植的模样。其中耕、耙（pá）、耖（chào）都是常用于水田的耕地方法。在北方的旱地，大家整理田地用的是耕、耙、耱（mò）。南北方整理田地的区别主要在于使用的农具不同。

耕主要使用的农具是曲辕犁。

3. 插秧

把已经发芽的秧苗一行一行地种到田地里。像这样整齐并且留有间距的栽培方法既便于农民除草、收割，也有利于农作物的生长。

种植技术改革

在宋朝，人们改进水稻种植的技术，创造出了很多专门的工具，还制定出了规范的水稻种植步骤。

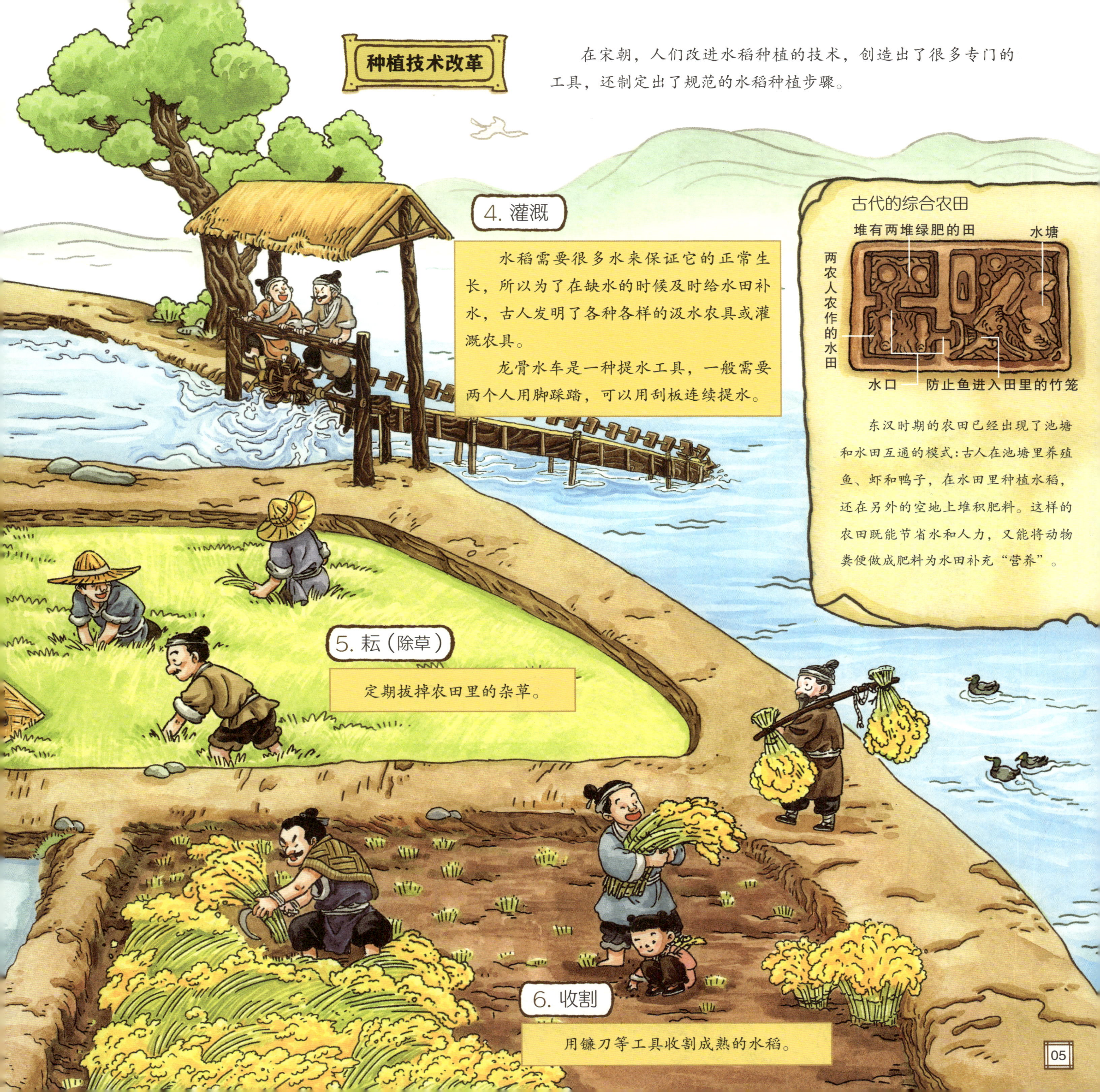

4. 灌溉

水稻需要很多水来保证它的正常生长，所以为了在缺水的时候及时给水田补水，古人发明了各种各样的汲水农具或灌溉农具。

龙骨水车是一种提水工具，一般需要两个人用脚踩踏，可以用刮板连续提水。

古代的综合农田

东汉时期的农田已经出现了池塘和水田互通的模式：古人在池塘里养殖鱼、虾和鸭子，在水田里种植水稻，还在另外的空地上堆积肥料。这样的农田既能节省水和人力，又能将动物粪便做成肥料为水田补充“营养”。

5. 耘（除草）

定期拔掉农田里的杂草。

6. 收割

用镰刀等工具收割成熟的水稻。

大豆和大豆制品

大豆在古代被称为“菽（shū）”，是我国传统的五谷之一。大豆中含有丰富的植物蛋白，能适应贫瘠的土壤，种子也能脱水保存，所以中国古代的人民一直都很喜欢栽种它。

距今 9000—7000 年前后，我国先民就已经开始驯化野生大豆属植物，这个过程持续了好几千年。

后来，大豆还成了中国古代重要的粮食作物。到了汉朝，大豆的种植规模和产量大幅增加，可它并没有在主食的道路上走得很远。汉朝以后，古人加工制作大豆的工艺进一步得到提升，大豆也逐渐从粗粮主食变成了应用更加广泛的副食和调味料。

自带肥料的大豆

大豆的根常常会结出一串串像小土豆一样的根瘤，这些根瘤就是大豆自带的肥料包哦，可以使种过大豆的土地变得比较肥沃。大约从汉朝开始，古人会在种过大豆的土地里，栽培其他谷物，实行轮流耕种法。

从主食到配菜

春秋时期以前，古人最喜欢的主食是粟和黍，虽然当时的人们也有栽培过大豆，但是其产量并不高。

战国时期，大豆的栽培技术迅速发展，产量得以提高。人们喜欢将大豆加水煮成豆饭和豆粥，当作主食来吃。

汉朝石磨

在汉朝，石磨的发明让粗粝的麦粒变成了好吃的白面，再加上大量人口南迁到了适合种植水稻的江南地区，所以小麦和水稻作为主食的地位一跃超过了大豆。

大豆调味品

至今，借助着新的食品加工方式，大豆摇身一变，成功变作了餐桌上不可或缺的调味品和配菜。由大豆制成的调味品有醋、酱油、大豆油、豆豉等。

豆腐

古代豆腐制作的过程

古人在制作豆腐的过程中，煮熟豆浆这一步非常重要。因为生豆浆有毒，必须煮熟了，才能消除豆子的毒性。

明朝李时珍著有《本草纲目》，书中记载了豆腐的制作过程，但当时的豆腐并非都由大豆做成，绿豆、白豆、豌豆、黑豆等都可以用来制作豆腐。

豆腐的由来

传说，豆腐是由西汉的淮南王刘安发明的。他在八公山上炼丹时，偶然发现把卤水撒进豆汁里，新的食物——豆腐就出现啦！

茶树的栽培

中国人喜欢在客人来访时，马上奉茶，以示热情。茶叶浸泡在热水里，随着时间的流逝，叶片会慢慢地舒展开来，还原成叶子或嫩芽本来的模样。它和热水一起，变成散发着植物清香的透亮茶汤。

1. 施肥

土太干的时候要先用淘米水把土浇湿，第二年再用粪水和蚕沙做的肥料进行浇灌。

2. 挖坑

大概在每年的二月底的时候，茶农在阴凉的地方挖坑，将坑里的土和肥料混合在一起。

3. 覆土

在每个坑里放入六七十颗茶树籽，盖上薄薄一层土。

茶是风靡世界的三大饮料之一，它的原产地在中国。西周时期，我国巴蜀地区的人们最早开始种植茶树，并培养出了饮茶这个爱好。

神农尝百草

传说，神农有一个透明的肚子，能直接观察到吃进肚子里的食物发生了什么变化。因此，他吃遍了地面上所有的植物，目的是了解各种植物的功效。一天，他一连吃下七十二种毒草，疼得满地打滚。此时，他发现了一种带着香气的树叶，吃了一片，肚子瞬间便不疼了。神农吃下的树叶就是茶。

从药汤到饮料

根据神农尝百草的传说，茶一开始并不是饮料，而是一种可以用于解毒治病的药。

到了三国时期，古人认为茶叶是一种食物。他们会将制好的茶饼打碎，和葱、姜、橘皮一起放到锅里，熬成一锅茶叶粥。

茶饼的制作

1. 采摘：茶农在春天的时候采摘茶树上的嫩芽，采摘茶叶的时间有很多讲究，一般都是在太阳没升起来之前，用手指甲把嫩芽掐下来。
2. 蒸茶：将茶叶放进密封良好的锅里，高温蒸一小段时间。
3. 捣茶：把蒸好的茶叶放进茶臼里，用杵捣烂。
4. 压制茶饼：将捣烂的茶叶团成一团，放进模子，用手轻拍压实。
5. 烘焙干燥：将定型之后的茶饼烘干。唐朝是将茶饼穿孔吊起来烘干，宋朝是放在木架子上。
6. 茶饼计数：计算茶饼的数量。
7. 包装储藏：将茶饼放入一个像烤箱一样的工具里再次烘干，然后密封储藏。

不同时期的饮茶习惯

唐朝

唐朝人会把茶碾成细细的茶末，再放进锅子煮着喝。此时的茶已经比较像饮料了。

用于冲茶的宋朝汤瓶

用于搅动茶汤的茶筅

宋朝

到了宋朝，喝茶开始变得讲究起来。古人会先用小勺把茶末舀到茶碗里面，一边往碗里冲热水，一边快速搅动茶汤，直至茶汤上泛起白色的泡沫。从这时起，茶就不再只是一种饮料了，更是一种文化。宋人为了评价谁冲的茶更好喝，还经常举办“斗茶”活动呢！

明清时期

明清时期，泡茶的方式比较接近于现代了：不添加任何调味料，直接用炒制好的嫩叶进行冲泡。

茶马古道

古人将茶制成便于保存的茶饼，茶叶就能作为商品远输至其他国家和地区了。其中，“茶马古道”就是著名的中国古代商业路网，也是我国古代经济文化交流的重要走廊。

盐与顿钻

盐带给人们的，不只有菜品中能品尝到的咸味，还能给人体提供必需的微量元素。盐是人类文明史上最重要也是最基本的一种调味品。

几千年来，盐都是财富的象征。盐不仅是一个地区重要的商品，也能在和其他地区进行贸易往来的时候作为货币来使用。比如春秋战国时期，拥有海盐产业的齐国就非常富裕；在汉朝，国家已经开始控制整个制盐产业；到了唐宋时期，盐产业带来的收入已占据了全国收入的一半。

由于自然资源分布不均衡，部分地区需用凿井的方式采盐。人们只需在地面上开一个竹筒大的井口，就能使用顿钻凿出深达几十米甚至超过1千米的盐井来。然后，用井中取得的卤水来制成盐。“盐都”即四川省自贡市曾凿出深1001.42米的深井，可谓是当时的世界之最。

卤水是埋在地底的一种含盐量非常高的咸水，类似于海水。人们熬煮或者晒干卤水，去掉其中多余的水分和杂质，便能够得到盐。

位于高原干旱地区的盐湖湖底沉积着厚厚的盐层。打捞出这些盐层，稍微处理一下，就能制作成食盐啦！

又小又深的盐井

北宋时期，卓筒井出现了。这可不是一般的水井，它的井口只有碗口那么宽，仅够一根粗竹竿通过。想挖掘卓筒井，得用顿钻。古人通过反复提起和放下长长的钻头所产生的冲击，砸出一口深深的盐井来。

顿钻凿井

凿井时，古人需要反复提起和放下钻头，运用钻头自由下落时产生的冲击，砸碎地下的岩石和泥土，使盐井不断变深。这个过程叫作冲击式顿钻凿井。

顿钻的钻头有很多种，其中马蹄锉用于开凿小口径的盐井，鱼尾锉用于开凿大口径的盐井。

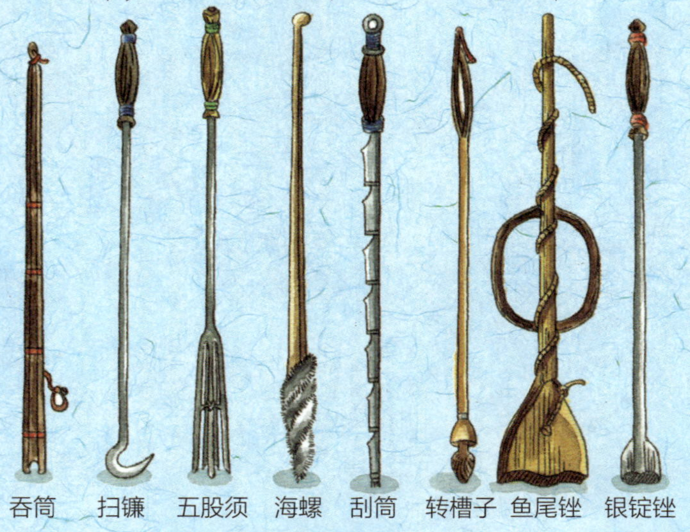

泥筒取土

用竹制泥筒把打碎后的泥土和碎石从井下提上来。提土的步骤：

1. 往井下灌水。
2. 上下提动泥筒，使水和泥沙碎石混合成泥浆。
3. 将泥浆灌入泥筒中，再把泥筒提上来。

制作井盐

1. 取得井下卤水

使用比井口细一点的长竹并打通竹节。然后，在竹子底部安装牛皮阀门，在另一端系上长绳，放到井下。这就是卓筒井专用的汲卤筒。

2. 提起取水工具

用天车和牛车帮忙提取沉重的汲卤筒。

加固井壁

巨竹去节，首尾相连，置入井内，加固井壁。

3. 大锅熬盐

将经过过滤和暴晒的卤水注入大铁锅，熬煮一段时间后，晾晒并去除杂质。于是，雪白的井盐就制好了。

实用的顿钻技术

早在宋朝，古人就发现了地下存在着一些可燃气体，他们在有可燃气体的地方，用顿钻技术凿出了火井。古人会用管道引来近处火井里的天然气来熬煮盐水。

中国的冲击式顿钻凿井技术比西方最早使用顿钻的技术早了800多年，是现代的石油勘探设备的祖先哦！你瞧，现在的石油勘探设备像不像进化版的机械顿钻呢？

最深的盐井——深度超过千米的燊（shēn）海井。

油的制作

我们在炒菜时，经常会用到菜籽油、花生油或大豆油等食用油。实际上，除了油菜、花生和大豆，自然界中还有许多植物的种子里都蕴藏着油脂，比如芝麻、向日葵、萝卜籽、苏麻籽、苋菜籽。其实，在很久以前，我们的祖先就已经掌握了榨油的方法，还用油来烹饪，润滑车轴，甚至点灯照明。

油菜

油菜是中国西南地区重要的经济作物，油菜籽的含油量也非常高，可达 35% ~ 50%，能榨油或加工成饲料。每年春天，金灿灿的油菜花漫山遍野，十分壮观。

古人是如何榨油的呢

1. 翻炒蒸熟

把油料放进锅里，小火翻炒，待炒出香气后，再用工具将油料碾碎、蒸熟。炒制油料时一定要充分翻炒，一旦原料受热不均，就会降低油的产量和质量。

2. 裹饼

用稻秆或麦秆将蒸好的油料包成饼状，再用铁或细竹片制成的圆箍固定“油饼”。

3. 榨油

将“油饼”放在榨槽中，像和尚敲钟那样用撞木去撞击木块。在木块的不断挤压下，“油饼”越变越薄，色泽鲜亮的油也就顺着油槽流了出来。

榨油工具

榨具

制作榨油装置时，首先要选择一根粗大、完整的树干，木料以不易裂开的樟木为主。挖空树干中间的部分并将其作为榨槽，用于盛放“油饼”。然后，在树干里凿出一条细细的油槽，油被榨出后可顺着油槽流入容器中。

槽碾

槽碾是我国重要的传统农具，一般由碾盘、碾磙和碾架等部分组成。碾盘中心的木柱是整个石碾的中心轴。碾架则固定在这根木柱上，上面装有碾磙（gǔn）。在人力或畜力的推动下，碾磙在碾盘上来回滚动，磨碾谷物粮食。

水碾

水碾是一种利用水力带动旋转的工具。南方地区的河流较多，人们常用水碾来进行粮食加工。

枯饼

“油饼”经压榨后所剩的渣滓叫作“枯饼”。古时候，人们会拿着芝麻、萝卜籽、油菜籽等油料的枯饼进行二次加工。经过第二次碾压、蒸煮等处理后，这些枯饼仍能被榨出油来。

丝绸的织造

你认识这些白白胖胖的虫宝宝吗？它们的名字叫“蚕”。别看它们长得普普通通，但用处可大着呢！蚕宝宝嘴里吐出来的丝是天然的纤维原料，经过加工能被制成各种丝绸制品，例如锦、纱、缎、绢。

汉武帝时期，张骞出使西域，开创了被后世称为“丝绸之路”的中西方商贸路线。中国丝绸也经由今甘肃、新疆等地辗转到了西方，被人奉若珍宝。

丝绸的制作流程

1. 养蚕

以桑叶喂养蚕宝宝，等待它们吐丝结茧。

2. 缫丝

用沸水煮茧，剥茧抽丝，利用缫车将蚕丝抽取出来并卷绕到丝筐上。

3. 牵经做纬

绕好丝线后，把丝筐上的丝线绕到丝籰（yuè）上，然后牵经做成经线，再利用卷纬车把丝籰上的丝线做成纬线。

4. 织造

使用专门的织机，将经线和纬线按照一定的规律织造成绸。

5. 染整

将织好的绸进行染色、印花等处理，使织物变得更加美观。

嫘祖养蚕

中国是世界上最早开始养蚕的国家。古史中记载着伏羲“化蚕”和黄帝的妃子嫘祖“教民育蚕”的传说，嫘祖更是被后人推崇为“蚕神”。据考古发现证实，早在距今5500多年的仰韶文化时期，我们的祖先就已经开始养蚕制丝了。周朝时甚至出现了专门用于养蚕的蚕室。

素纱禅衣

1972年，湖南省长沙市马王堆一号汉墓出土了一件仅重49克的纺织品——素纱禅衣。素纱禅衣没有衬里，用未经染色的素纱织成，其丝缕极细，薄如蝉翼。它代表了西汉初期养蚕、缫丝和织造工艺的最高水平。

经过漫长的发展，丝绸的种类可分为绫、罗、绸、缎、锦、纱、绢、绒等十四大类。

印染技术

我们现在所穿的衣服不仅样式繁多，就连颜色也五彩斑斓。其实，早在新石器时代，我们的祖先就想到用赤铁矿粉末将麻布染成红色啦！他们利用植物制作染料，能够印染出五颜六色的纺织品。

在古代，什么人穿什么颜色的衣服，可是有很多讲究的。比如秦朝时，帝王穿黑衣，高官穿绿衣，平民百姓只能穿白衣；到了隋唐时期，黄色就成了皇帝的专属颜色。

五色

周朝时，“五色”就已经出现了，分别是青、黄、赤、白、黑。当时还设有专门负责漂染丝帛的“染人”。

青

人们常说“青出于蓝，而胜于蓝”，这里的“青”说的就是靛青色，“蓝”则指的是蓝草。蓝草是一种含有靛蓝色色素的古老植物染料，能将布料染成蓝中带紫的靛青色。早在春秋时期，我们的祖先就已经在大量种植蓝草，萃取蓝靛来染色了。蓝草的种类繁多，较为常见的有马蓝、木蓝、蓼蓝和菘蓝。

制作蓝靛

1. 用7天左右的时间以清水浸泡蓝草的枝叶，使色素溶于水中。

2. 捞出蓝草，在水中加入适量的石灰，用力上下搅拌，这一步被称为“打靛”。这时，水色逐渐从原本的青绿色变成蓝色。

3. 打完靛后，靛蓝素会沉淀在木桶底部。静置几天，将水倒出，就能看到膏泥状的蓝靛了。

赤

“赤”指比朱红色稍浅的颜色，泛指红色。起初，古人用赤铁矿粉、朱砂进行染色，但矿物颜料遇水容易脱落。后来，人们尝试从植物红花、茜草根中提炼红色染料。

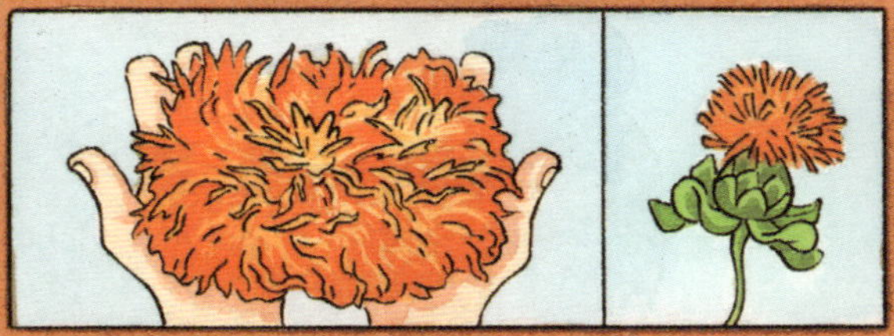

制作红花饼

1. 捣烂红花花瓣并放入布袋里，加水浸渍。
2. 拧干布袋，去除水中的黄色素。
3. 用淘米水一类的酸汁冲洗红花，进一步除去红花中残留的黄色素，得到鲜红的红色素。
4. 将青蒿盖在红花表面，经过一个晚上，把红花捏成饼状，进行阴干处理。

黄、白、黑

古代染料中的白色可以用矿物绢云母涂染而成，或通过强碱漂白的方法取得，比如用草木灰加石灰。黄色染料主要用栀子、地黄、姜黄等草木制成；黑色则主要从柿叶、乌桕（jiù）叶、栗子壳、莲子壳等植物中获得。

防染印花

古人不仅很早就掌握了植物染色技术，还在实践中摸索出了防染印花技术，如夹缬（xié）、绞缬、蜡缬。他们通过人为控制染色的面积和形状，从而制作出多变的花纹。

夹缬 将织物紧固于镂空版之间，涂刷染料。等到染料晾干后，取下版子，漂亮的花纹就出现啦！

绞缬 先用线、绳等工具将布帛扎结，再进行染色。结扎部位因未能充分着色，便能形成具有渐变效果的花纹。

蜡缬 利用蜡液在布帛上描绘纹样，待蜡冷凝后，将布帛放到染料中浸染。经过冲洗后，古人用沸水煮去蜡质，布上就能呈现出蓝、白分明的花纹来了。

提花技术

爱美之心，人皆有之，古人也不例外。花纹虽然好看，但刺绣起来既耗时又费力。于是，古人发明出了“提花机”。提花机最早出现于西汉时期，是一种能编织复杂花纹的织造机器。

综

综是吊起经线的装置，蹑是脚踏板。古人通常用一蹑控制一综，来织造花纹。古代普通的提花机通常只有一片或两片综。

花本

花本是人们使用提花机，依照设计好的纹样织造出的织花样稿。它由纵向的代表经线的脚子线和横向的代表纬线的耳子线交织而成。

平纹、斜纹和缎纹

根据织法不同，机织物可分为平纹、斜纹和缎纹这三种基本类型。在使用提花机织造时，人们用两片综能织出平纹，用 3～4 片综可以织出斜纹，用 5 片以上的综才能织出缎纹。

平纹

斜纹

缎纹

多综式提花机

古代的普通织机大多只能织出平纹织物，古人要想编织出复杂且较大的花纹，就必须增加织机上综的数量。因此，多综式提花机应运而生。

老官山汉墓织机

2012 年，四川省成都市的老官山汉墓出土了 4 台织机模型。科学家根据残留综框判断，这是迄今发现最早的多综式提花机实物模型。

束综提花机

约在初唐时期，束综提花机便出现了。这种提花机需要由两人配合操作，一人坐在提花机上负责提花，一人坐在提花机下投梭打纬。

约唐末五代时期，束综提花机的发展达到了顶峰。此时，大花楼机出现了，可以用于织造花纹循环极大的织物，比如龙袍的袍料。

汉朝织锦护臂

汉朝织锦护臂“五星出东方利中国”是一件国宝级的文物。这块织锦在不足50厘米的宽度下，使用了上万根经线。其工艺水准之高，连现代织机都无法达到它的原本密度。直至考古专家复原出汉朝提花机之后，这块汉朝织锦才得以被成功复制。

四大名锦

提花丝织品种类繁多，例如绢、丝、绸、纱、锦等。其中，“锦”的织造工艺复杂，价值堪比黄金，古时候只有达官显贵才能穿得起。从元朝开始，南京云锦深受皇家青睐，专供宫廷使用。当时，人们将它与广西壮锦、成都蜀锦、苏州宋锦并称为“中国四大名锦”。

主要参考文献

[1] 中国科学院自然研究史学所 . 中国古代重要科技发明创造 [M]. 北京 : 中国科学技术出版社 ,2016.

[2]《中国大百科全书》编辑委员会 . 中国大百科全书・机械工程卷 [M]. 北京 : 中国大百科全书出版社 ,1987.

[3] 高鹏翔 . 中医学 . 第 9 版 [M]. 北京 : 人民卫生出版社 ,2018.

[4] 徐振韬 . 中国古代天文学词典 [M]. 北京 : 中国科学技术出版社 ,2008,64-65.

[5] 陈美东 . 中国科学技术史・天文学卷 [M]. 北京 : 中国科学技术出版社 ,2003,345-346.

[6] 戴念祖 . 中国科学技术史・物理学卷 [M]. 北京 : 中国科学技术出版社 ,2001,196-200.

[7] 马王堆汉墓帛书整理小组 . 五十二病方 [M]. 北京 : 文物出版社 ,1979,180-182.

[8] 黄龙祥 . 黄龙祥看中医 [M]. 北京 : 人民卫生出版社 ,2008,31-32.

[9] 徐琳 . 中国古代治玉工艺 [M]. 北京 : 紫禁城出版社 ,2011.

[10] 席泽宗 . 敦煌星图 [M]. 北京 : 文物出版社 ,1966(3):27-38.

[11] 闵宗殿 . 中国农史系年要录 (科技篇)[M]. 北京 : 农业出版社 ,1989.

[12] 钟少异 . 中国古代军事工程史・从上古到五代 [M]. 太原 : 山西教育出版社 ,2008,309.

送给孩子的

古代科技发明史

中华造物记

·发现现象和原理·

蓝灯童画◎编绘

科学普及出版社

·北 京·

图书在版编目（CIP）数据

中华造物记．发现现象和原理 / 蓝灯童画编绘．--
北京：科学普及出版社，2022.5
ISBN 978-7-110-10412-5

Ⅰ．①中… Ⅱ．①蓝… Ⅲ．①技术史－中国－古代－
儿童读物Ⅳ．①N092-49

中国版本图书馆 CIP 数据核字 (2022) 第 016197 号

策划编辑 胡 怡
责任编辑 胡 怡
封面设计 贾 莹
正文设计 董 雨
责任校对 张晓莉
责任印制 马宇晨

出 版 科学普及出版社
发 行 中国科学技术出版社有限公司发行部
地 址 北京市海淀区中关村南大街 16 号
邮 编 100081
发行电话 010-62173865
传 真 010-62173081
网 址 http://www.cspbooks.com.cn

开 本 889mm × 1194mm 1/12
字 数 160 千字
印 张 14
版 次 2022 年 5 月第 1 版
印 次 2022 年 5 月第 1 次印刷
印 刷 北京世纪恒宇印刷有限公司
书 号 ISBN 978-7-110-10412-5 / N · 257
定 价 198.00 元（全 4 册）

序言

古代中国是一个科技强国，我们的先民更是擅长发明创造。除了造纸术、印刷术、指南针和火药这类人人皆知的古代发明外，我们的祖先还创造出了不计其数的发明，发现了各种原理，建造出了举世闻名的伟大工程。比如，由我国先民最先栽培的重要的粮食作物之一的水稻，随着秦始皇一同沉睡在秦始皇陵中的兵马俑，以及与现代的照相、投影技术息息相关的光学原理——小孔成像等，这些发明创造或是由先民历经千辛万苦才被创造出来的，或是在某些事物的基础上演变而成的。它们与我们的生活密不可分，为人类发展和科技进步带来了重要的影响。

因此，我们选取了 32 种中国原创的、具有代表性的古代重要科技成就，并将这些科技成就的由来和原理绘制成了这套《中华造物记》。本册的书名为《发现现象和原理》，以中国古代科技原理为主题，带领小读者们了解更多科学知识。

中国古代科技原理包含了很多内容，本册书主要讲述了历法、天文、地理、中医等方面的原理及其发展历程。生于现代的我们可以享受先进的医疗设备和高超的医疗技术，可在死亡率很高的古代，中国先民是如何解决医疗问题的呢？我们现在所使用的历法又是从何而来呢？不用急，翻开这本书，你可以从书中找到这些问题的答案。

干支/02
历法/06
筹算与珠算/10
天象观测/14

干支

干支可分为甲、乙、丙、丁、戊、己、庚、辛、壬、癸这十个天干和子、丑、寅、卯、辰、巳、午、未、申、酉、戌、亥这十二个地支，是中国古代重要的符号系统。干支主要用于纪时，也可用于表示方位。循环组合十天干和十二地支，我们就能得到六十干支啦！

干支纪时

从商朝后期开始，干支已普遍被用于纪日，而天干和地支结合起来用于纪月的时间则相对晚一些。直到汉武帝时期，人们才逐渐用干支来纪年。人们每年采用一个干支表示年份，每六十年为一循环，俗称“六十花甲子”。

我们要想知道古代的某个干支年、干支日对应的是现行公历中的哪一年、哪一天，干支纪日法就能派上用场啦！只要稍加转换，日期就能一一对应上了。

六十甲子表

甲子	乙丑	丙寅	丁卯	戊辰	己巳	庚午	辛未	壬申	癸酉
甲戌	乙亥	丙子	丁丑	戊寅	己卯	庚辰	辛巳	壬午	癸未
甲申	乙酉	丙戌	丁亥	戊子	己丑	庚寅	辛卯	壬辰	癸巳
甲午	乙未	丙申	丁酉	戊戌	己亥	庚子	辛丑	壬寅	癸卯
甲辰	乙巳	丙午	丁未	戊申	己酉	庚戌	辛亥	壬子	癸丑
甲寅	乙卯	丙辰	丁巳	戊午	己未	庚申	辛酉	壬戌	癸亥

生肖与十二地支

十二生肖由鼠、牛、虎、兔、蛇、马、羊、猴、鸡、狗、猪这十一种现实存在的动物和传说中的龙共同组成。古人在使用干支纪年时，巧妙融合十二地支与十二生肖，使每个年份都有相对应的生肖。比如庚子年是鼠年，甲辰年是龙年。

十二时辰

古人把一天的时间平均分为十二个时辰，子夜称为子时，相当于现在的24小时制的半夜23时至凌晨1时，按照十二地支的顺序依次向后排列。这种方法最迟在汉初就已经出现了，到了唐朝，古人又配上了天干。每个时辰相当于现在的两个小时。

宋朝以后，人们将一个时辰平分为“初”和“正”两部分，如“子初”和“子正”，每部分相当于现在的一个小时。

时辰	北京时间
子时	23：00—01：00
丑时	01：00—03：00
寅时	03：00—05：00
卯时	05：00—07：00
辰时	07：00—09：00
巳时	09：00—11：00
午时	11：00—13：00
未时	13：00—15：00
申时	15：00—17：00
酉时	17：00—19：00
戌时	19：00—21：00
亥时	21：00—23：00

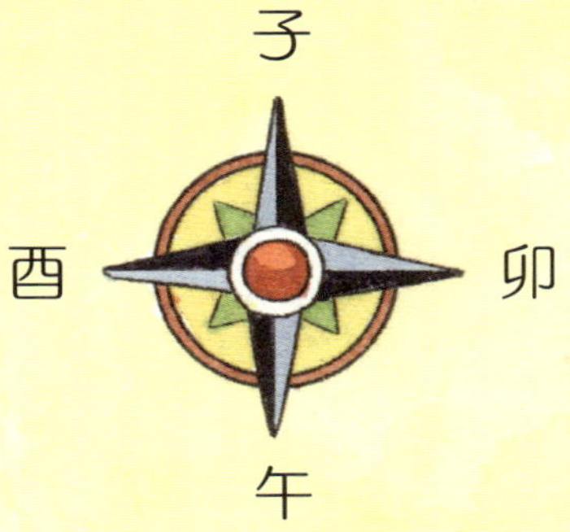

干支与方位

除了纪时，干支还能表示方位。子、午、卯、酉分别表示北方、南方、东方和西方。

历法

很早以前，古人就会根据天气和环境的变化来安排农业活动，例如通过观察树木是否发芽、冰雪是否消融来判断时节。他们发现季节的周期性变化和天象有关，于是开始“观象授时”，通过观察日月星辰来推定年、月、日，并制定历法。

世界上存在着多种历法，比如阴历、阳历和阴阳合历等。

圭表测影

中国传统历法为阴阳合历，二十四节气是阳历的体现。最初在春秋时期，人们就开始采用正午时圭表测影的方法来确定夏至和冬至，计算春分和秋分。垂直于地面的直杆叫“表”，水平放置于地面上刻有刻度以测量影长的标尺叫“圭”。

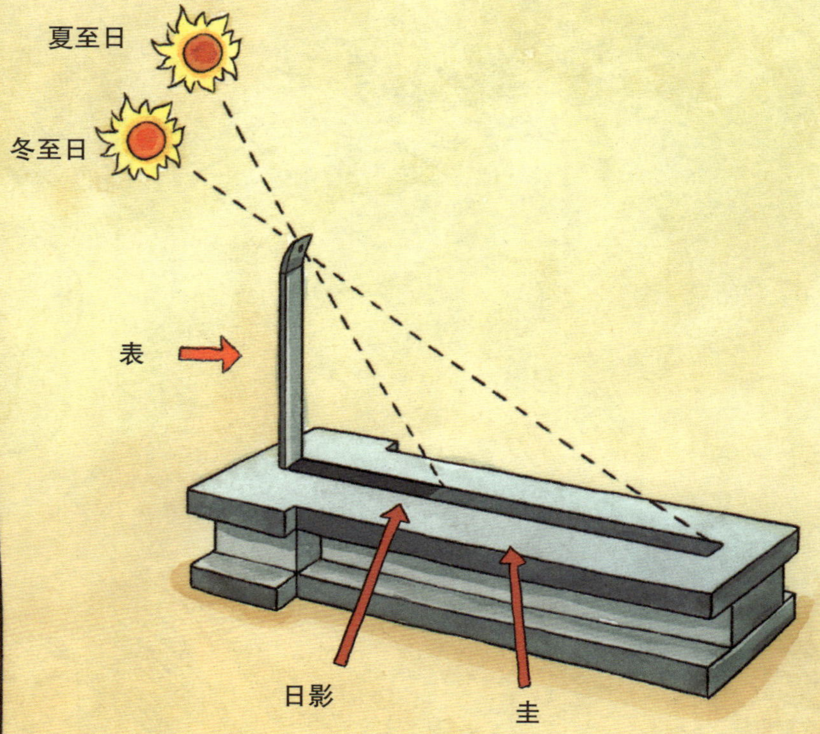

阴历

阴历和月相有关哦！古人将月亮从新月到满月、再从满月到新月的过程，称为“朔望月”。一个朔望月大约是29.5306天，相当于月球绕地球公转一圈所需的时间。

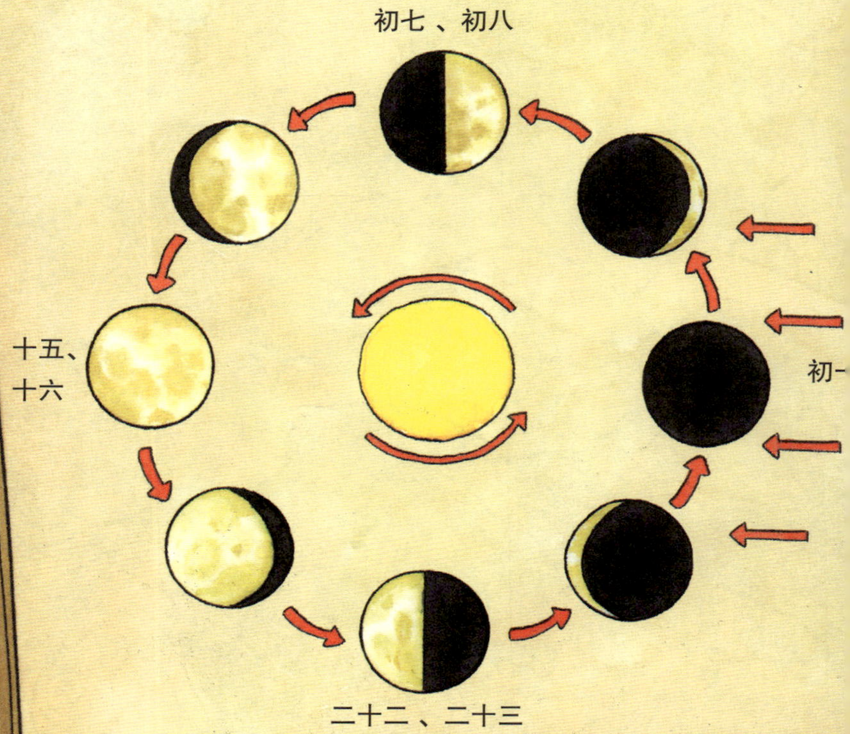

阴阳合历

我们现在所使用的农历是一种阴阳合历。阴历的一年有12个朔望月，合起来约354天，与阳历的一年相差了11天左右。为了解决阴历和阳历的时间差问题，古人每隔两至三年设置一个闰月。多出的这个月叫作“闰月”，跟在几月之后便叫作“闰几月”，而有闰月的这一年叫“闰年”。

二十四节气

二十四节气是指导古人农耕生产和日常生活的重要补充历法，也是农历的重要组成部分。我们的祖先把阳历的一年分成24等份，每一个节点叫作一个节气或中气。

为了方便记忆，人们编写了二十四节气歌：“春雨惊春清谷天，夏满芒夏暑相连，秋处露秋寒霜降，冬雪雪冬小大寒。”

筹算与珠算

在很早以前，原始人类就已经有了“数”的意识，会利用我们天生的“计算器”——十指来辅助运算。手指的计算范围终归有限，也无法存储结果。于是，人们把石头放进皮袋里，将贝壳穿成串……通过一一对应去数个数的方式来计数。

再后来，原始人类发明出了结绳和契刻的方法来计数或记事。随着人类文明的发展，筹算和珠算等计算方式也应运而生。

筹算

筹算是使用算筹进行计数和计算的一种方法。算筹是长短和粗细都一样的竹棍，有的算筹也会用木头、兽骨、象牙等材料制成。古人会将算筹放在算袋或算子筒里，系在腰间随身携带，需要的时候再随时取出，这是不是很方便呢？

摆棍子计数

在数学计算中，我们经常会用到十进制，算筹也是如此。算筹采用纵、横两种排列方式，每种排列方式都可以表示1到9这九个数字。

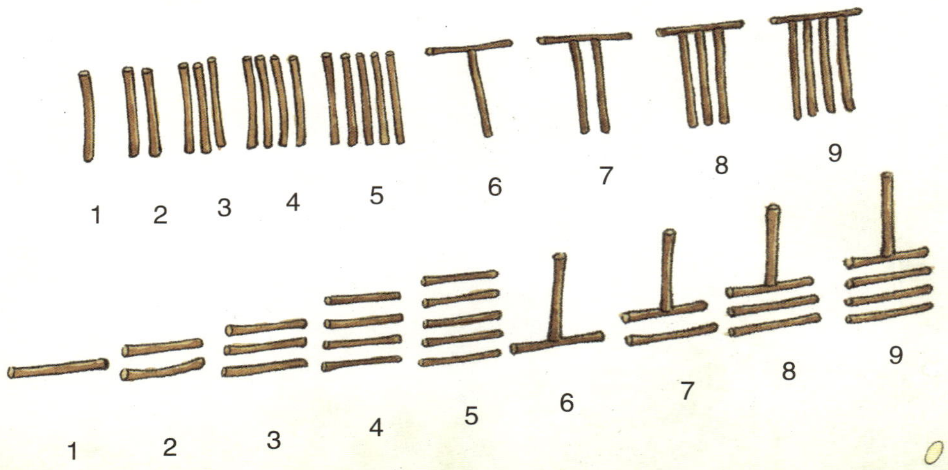

1971年，考古学家从陕西省宝鸡市千阳县的一座西汉古墓中发现了一个丝袋，袋里装着一些保存完好、长短不一的骨制算筹。

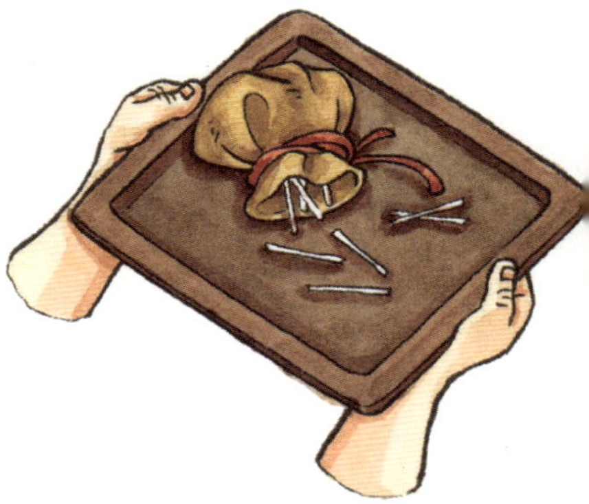

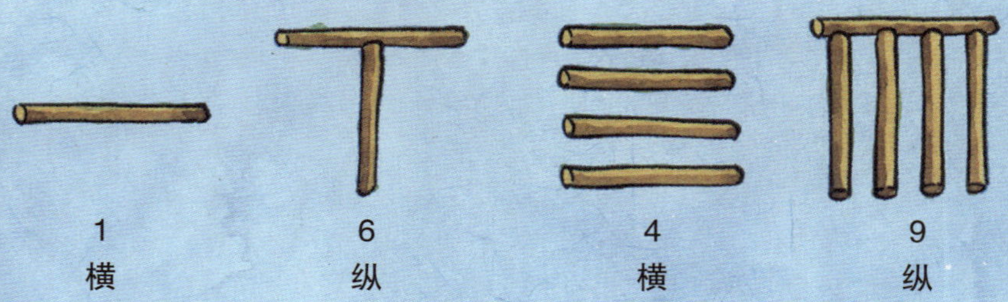

在表示多位数时，需要从左往右罗列数字，按照个位、百位用纵式，十位、千位用横式的规律进行排列。如果在计算中遇到“0”要怎么办？此时就需要留出相应的空位了。

珠算

珠算是以算盘为工具，运用口诀进行计算的一种方法。1800 多年前，“珠算”一词最早出现在了东汉数学家徐岳所著的《数术记遗》里。珠算不仅是我国的非物质文化遗产，还被誉为“世界上最古老的计算机”。

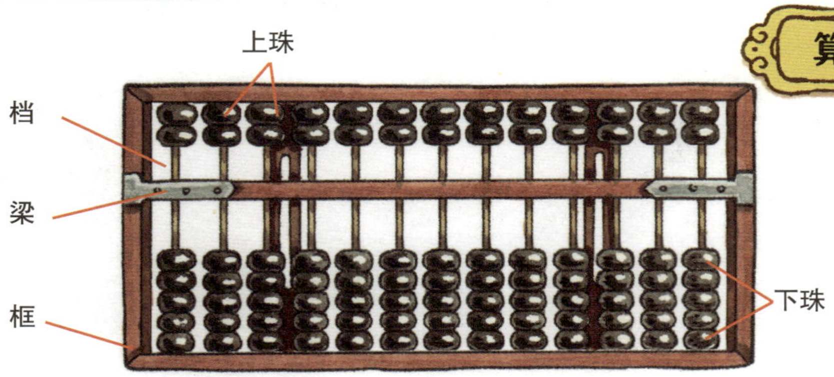

算盘

算盘由算筹演变而来。传统的算盘呈长方形，多为木制，分为框、档、梁、上珠、下珠五部分。竖着的“档”代表一个数位，被横着的“梁”分为上下两部分。梁上面的上珠，每颗代表“5”；梁下面的下珠，每颗代表“1”。

珠算采用“五升十进制”的进位方式。当每档有 5 颗下珠时，在本档升 1 颗上珠；当每档的总数满“10”时，向前一档进 1 颗下珠。

古画里的算盘

元朝画家王振鹏在《乾坤一担图》中绘制了一把算盘，算盘的梁、档、珠清晰可见。到了 16 世纪后期，珠算得以全面普及，筹算则渐渐消失了。

天象观测

中国传统文化强调“天人合一”，认为人与自然是相互依存、休戚与共的关系。所以我们的祖先和我们一样，也喜欢在夜晚抬头看星星。不过，古人观星可不只是看星星，而是因为他们十分重视天空中所出现的各种现象。

因此，历朝历代专门设置天文观测机构，修建天文台，令专人全天候不停地观测天象，不敢有丝毫懈怠。不仅如此，古人还为我们留下了丰富的天象记录，这些天象记录还被视为是全人类珍贵的科学遗产哦！

水运仪象台

水运仪象台是北宋科学家苏颂主持建造的大型天文仪器，也是世界上最古老的天文钟。

天文现象

早在2000多年前，我们的祖先就已经发现并记录下了日食、彗星和太阳黑子等天文现象，其中的部分记录对现代天文学研究也产生了很重要的影响。

彗星

中国历史上有着1000多次关于彗星的记录，这些记录最早可见于公元前613年。彗星又称“扫帚星”，古人把彗星当作上天的警告，彗星的出现预示着世界即将发生严重的灾变，例如帝王的死亡、国家的灭亡，但其实这完全是没有科学依据的。

日全食

日偏食

日环食

日食

日食也叫日蚀，当月球正好运行到太阳前面时，地球、月球和太阳处于一条直线上，月球遮挡住太阳射向地球的光线，日食现象就发生了。不过，不了解日食原理的古人误以为“天狗”把太阳给“吃”了，还会用敲锣打鼓的方式来吓跑“天狗”呢。

太阳黑子

太阳表面上那些黑色斑点其实就是太阳黑子。《汉书·五行志》中记载了公元前43年的一次太阳黑子现象，这是现在公认的世界上最早的太阳黑子记录，比外国确认太阳黑子的时间要早1000多年！

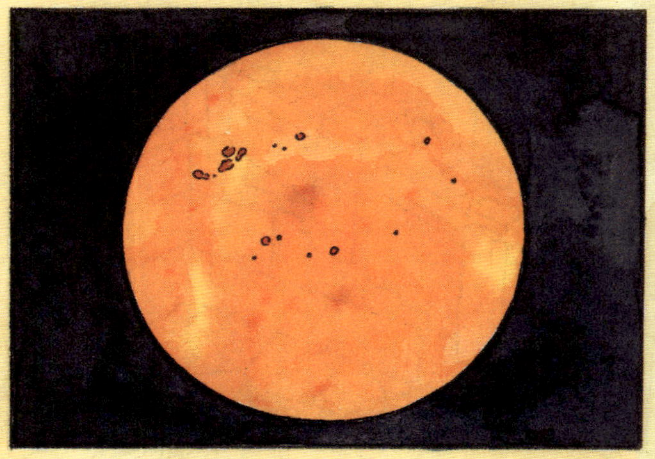

三垣四象二十八宿

说起星座，西方有人尽皆知的十二星座，中国也有二十八星宿。为了方便观测天象，中国古代天文学家将天空划分为若干区域，规划出了著名的三垣四象二十八宿。

三垣 三垣指的是紫微垣、太微垣和天市垣。紫微垣象征皇宫，太微垣象征行政机构，天市垣象征繁华街市。

四象 四象分布在三垣周围，指的是天空中东、西、南、北四个方向的星区，名字都和神灵有关。每一象包含七宿。

二十八宿 二十八星宿说的可不是 28 颗星星，而是我国古代天文学家为观测日、月、五星运行而划分的 28 个星区，每个星宿里都包含了若干恒星。不仅如此，古人还将星宿拟人神化，让星宿也有了“生命”。例如，位于西方的参宿是一位能征善战的武将。

《西游记》里的昴日星官指的就是西方的昴宿。昴宿常出现在冬日星空，天气好的时候，我们甚至能在天空中观察到 7 颗星，因此它也被称为“七姊妹”，即中国传说中的七仙女。

敦煌星图

敦煌星图是在敦煌经卷中发现的一幅古星图，是世界现存古星图中星数较多而又较古老的一幅，绘制于唐中宗时期（705—710 年）。据统计，图上有标注的星星的数量多达 1350 多颗哦！

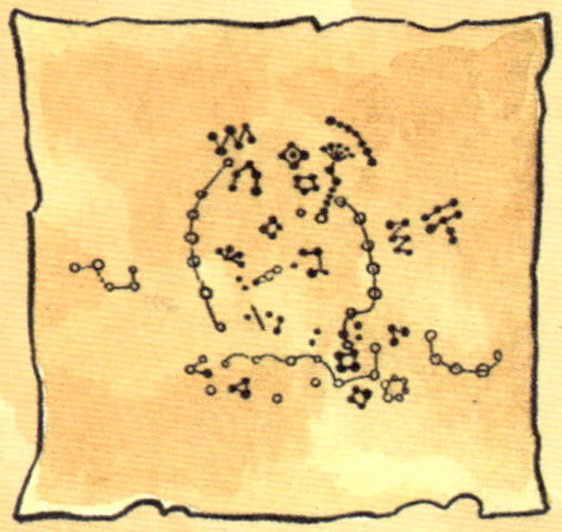

岩溶地貌考察

人们常说“桂林山水甲天下”，这句话中的“桂林”指的正是广西壮族自治区桂林市。这一带的地上不仅有奇峰突起，地下还有许多天然形成的溶洞。如此奇特的地貌其实有个很专业的名字，叫“喀斯特地貌”，我国也会称之为岩溶地貌。

我们的祖先早就在先秦古籍《山海经》中留下了关于暗河“伏流”的记载。到了明朝，地理学家徐霞客更是亲临实地，详细勘察并研究了300多个岩溶洞穴！

地理学家徐霞客与《徐霞客游记》

徐霞客（1587—1641 年），名弘祖，字振之，别号霞客。徐霞客一生志在四方，足迹遍布中国的名山大川。他所撰写的《徐霞客游记》是世界上第一部系统地记载和探索喀斯特地貌的巨著，详细记录了他 30 多年间所考察的岩溶地貌现象。

徐霞客在我国西南地区对岩溶地貌进行了为期 3 年的考察。他记述下了考察区域内的几乎所有的热带、亚热带的岩溶现象，还对岩溶地貌的成因和地理分布作出了较为科学的解释。

岩溶地貌的类型

现代科学研究表明，岩溶地貌主要是石灰岩在水的溶解和侵蚀作用下形成的。经过漫长的岁月，地面上会渐渐形成石林、峰林、溶沟、天坑等景观，地下则会生出暗河和溶洞。

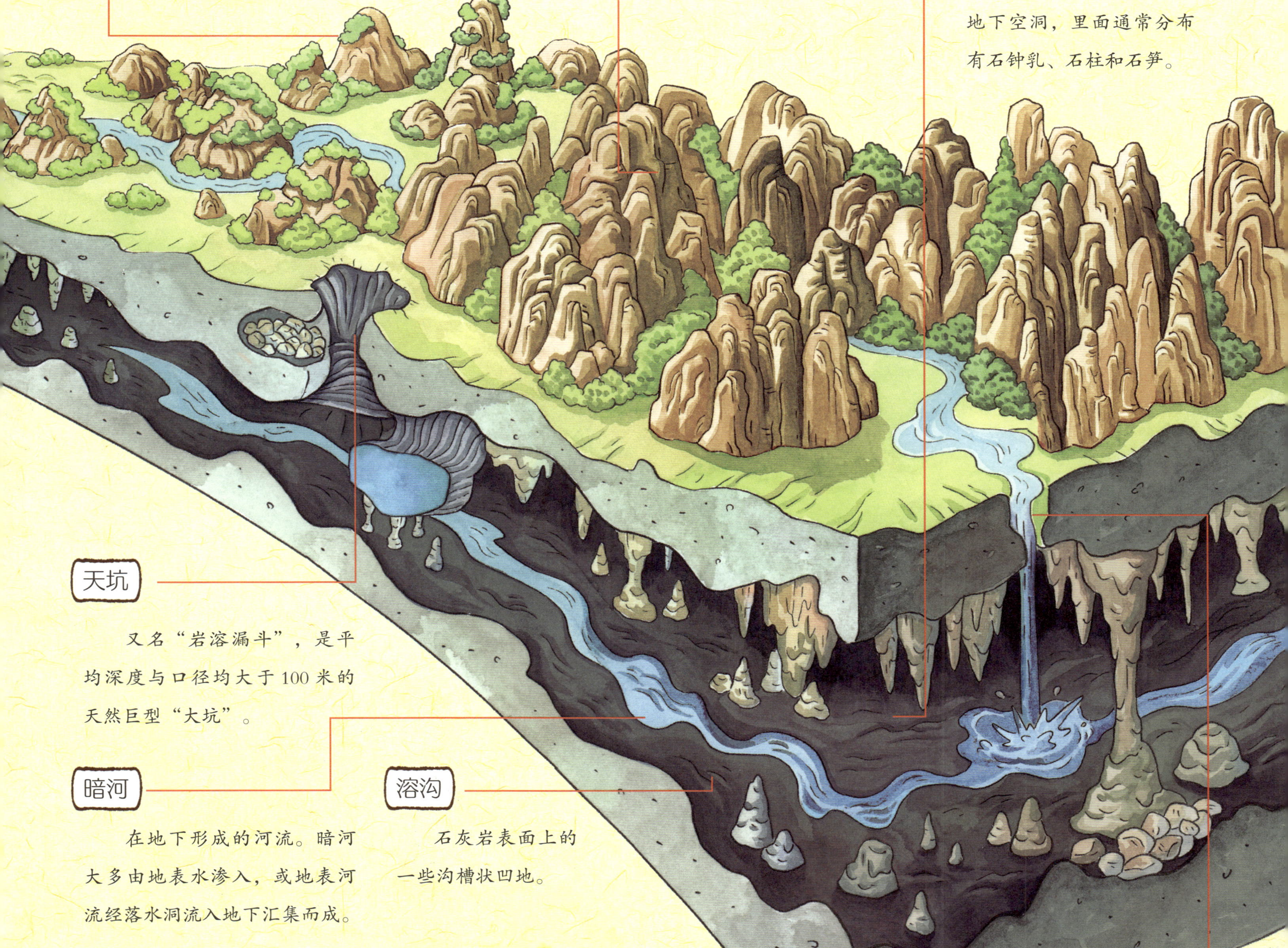

峰林 受流水溶蚀作用形成的高耸的、呈锥状的石峰。

峰丛 底部相连的峰林。

溶洞 可溶性岩石在地下水长期溶蚀的作用下形成的地下空洞，里面通常分布有石钟乳、石柱和石笋。

天坑 又名“岩溶漏斗”，是平均深度与口径均大于100米的天然巨型“大坑”。

暗河 在地下形成的河流。暗河大多由地表水渗入，或地表河流经落水洞流入地下汇集而成。

溶沟 石灰岩表面上的一些沟槽状凹地。

落水洞 地表水流入地下的入口，形状与漏斗相似。

小孔成像

我们的祖先早在2000多年前的战国时期，就开始对光与影进行研究啦！《墨经》一书中所述及的小孔成像现象是世界上最早关于光学问题的论述。我们现在所用的照相、幻灯等技术都和小孔成像息息相关。

将一块带有小孔的挡板放在明亮的物体与屏幕间，屏幕上会形成物体的一个倒立的实像，这种现象便被称为“小孔成像”。

墨子的发现

《墨经》中有这样一段记载："景，光之入，照若射。下者之入也高，高者之入也下。足蔽下光，故成景于上；首蔽上光，故成景于下。"意思是说，光线犹如箭一般笔直向前。从物体下方射入小孔的光线到达屏幕的高处，从物体高处射入小孔的光线到达屏幕的低处。脚遮挡住下面的光，故成像在上；头遮挡住上面的光，故成像在下。这段话不仅说明了光沿直线传播的特性，还解释了小孔成像的原理。

颠倒的鸢影

北宋的沈括所著的《梦溪笔谈》中是这样记载的：老鹰在空中飞到哪里，影子就会随着老鹰"飞"到哪里。如果老鹰和影子之间的窗户上有个小洞，影子的移动方向便正好和老鹰相反。老鹰向东，影子向西；老鹰向西，影子向东。

“小罅光景”实验

到了元朝，科学家赵友钦为了深入研究小孔成像，还专门以房屋作为实验室。他在《革象新书》第五卷的《小罅（xià）光景》一篇中，详细记录了这场大型光学实验。“小罅光景”指的就是“小孔成像”。

实验准备过程

1. 在左室地面上挖出一口约 2.67 米深的阱，再在相邻的右室挖出一口约 1.33 米深的阱。

2. 挖好后，将一张约 1.33 米高的桌子放入左阱，使左阱桌面的高度和右阱底保持一致。

3. 在左阱桌面上和右阱底部各放置一块圆板，上面插 1000 多根蜡烛来模拟光源。

4. 分别将两块带孔的木板放在左、右两个阱口上。

5. 在楼板上安装可活动的屏幕。

阱底或桌面到木板的距离即为物距，地面到活动屏幕的距离即为像距。

通过调整孔的大小和形状、光源亮度、物距、像距等因素，赵友钦得出了很多有趣的结论：成像与孔的形状无关；孔的大小会影响成像的亮度，但不会改变成像的大小；当光源亮度、孔的大小和物距不变时，像距的改变会影响像的大小和清晰度……这是中国古代对小孔成像问题最为系统、完整的论述。

中医学

古时候既没有能检查体表内部的X光成像技术，也没有可以分辨各种病毒的电子显微镜，古人要如何找出生病的原因，然后再对症下药呢？和现代的大部分医院使用的西医体系不同，在古代中国，人们看病主要依照的是中医学体系。

早在三皇五帝时期，我国就已经有“伏羲制九针”“神农尝百草”等传说了。我们的祖先在生活的实践中不断探索，积累和总结出了一套中国传统医学体系——中医学。

药

经络和穴位

按照中医的说法，人体内有好几条运行气血的通路，这些通路把人体内的五脏六腑、四肢百骸、五官九窍、皮肉筋脉等全都联结了起来。其中，主要的通路叫作经脉，纵横交错的细小分支叫作络脉。

如果经脉和络脉都能正常运行，说明人体健康。如果经脉和络脉有被堵住或逆流的情况，说明人体有疾。

针灸

古代的医生发现用针法和灸法进行按摩，刺激穴道，就可以达到疏通经络、治疗和预防疾病的效果。这两种治疗方法合称为针灸。

艾灸法

灸法是用艾叶捣制成艾绒，做成艾炷或艾条，点燃后熏灼体表穴位的治疗方法。

针刺法

针法是用又细又长的金属针具刺穴位的治疗方法。据说，最早的针是用石片磨出来的，后来才逐渐演变成了由各种金属制成的治疗针。

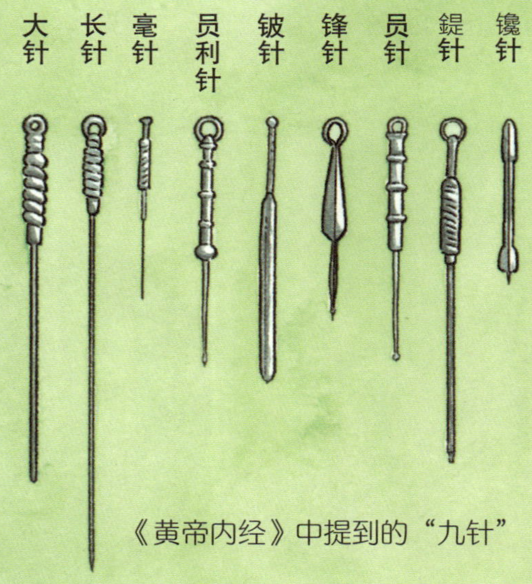

《黄帝内经》中提到的“九针”

针灸铜人

古人要怎么找到正确的穴位和经络位置呢？在宋朝以前，书中只有一些文字和图片对于穴位的记录；到了宋朝，御医王惟一铸造了专门教人辨认经络和穴位的针灸铜人。

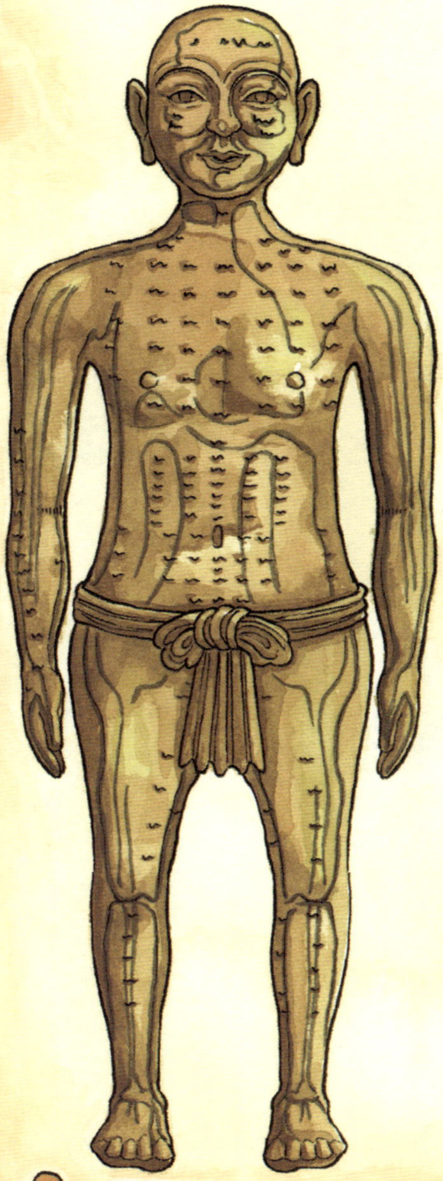

针灸铜人的高度与正常成年人差不多，上面清晰地标注出了人体的经络和穴位。它既是针灸教学的教具，又是考核用的模型。考试时，用蜡糊住铜人的所有穴位，再往铜人内部灌上水银。只有用针刺对了穴位，水银才会流出来哟。

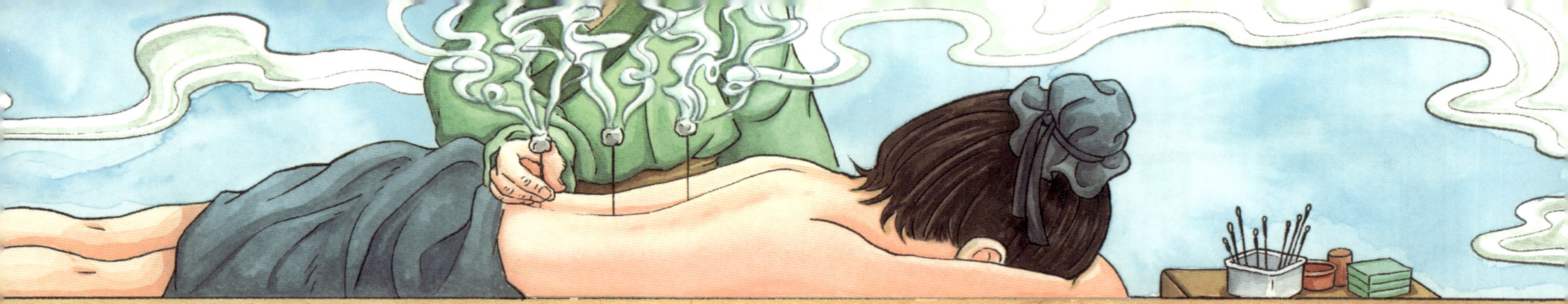

中医诊断方法：四诊法

望

用眼睛观察病人的全身和局部表现等来收集病情资料，比如观察病人的脸色和舌象。

闻

用耳朵听声音或用鼻子闻气味的方式来诊断疾病，比如听病人有没有咳嗽、喘气的声音或闻他身上的气味。

问

有目的地询问病人的病情和既往病史。

切

医生用手对病人体表某些部位进行触、摸、按、压，以了解病情。切诊包括脉诊和按诊。

中药

中药来源于天然药物及其加工品，是我国的传统药物，古人也习惯称之为本草。方剂指的是中医根据具体病证，选择适当的药物，组合各种药材，酌定剂量。

明代医药学家李时珍编写的《本草纲目》被誉为“东方药物巨典”和“最伟大的本草学著作”，成书于1578年。全书共52卷，分为16部，60类。

法医学

夏商时期，人们信仰神灵，当古人遇到疑难案件时，他们便会通过占卜来向上天寻求“答案”。从西周开始，司法制度逐渐发展完善。到了先秦时期，办案时不仅要求“验尸”，还需要勘验现场，检验痕迹。

1975年，湖北省孝感市云梦县的睡虎地秦墓中出土了98枚《封诊式》竹简。这些竹简就是秦朝时的司法报告。

神判与天罚

传说，上古时代有位名叫皋陶（gāo yáo）的大法官，他都会牵着独角神兽——獬豸（xiè zhì）去审判。獬豸能辨是非，通过是否用角顶人来说明被告是否有罪，它也是中国古代司法“公平正义”的象征。

宋慈与《洗冤集录》

宋慈是名经验丰富的司法监察长官，多次被中央外派去审核在地方发生的命案。到了地方，宋慈却发现那些基层官员往往因缺乏尸检经验而错判案件。

为了解决这个问题，宋慈决定编撰一本尸体检验知识手册。1247年，宋慈著成了《洗冤集录》，这也是我国现存的第一部系统的法医学专著。

古代验尸方法

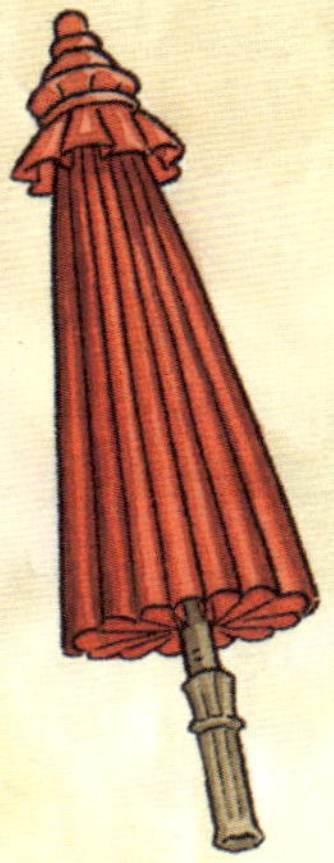

《洗冤集录》一书介绍了尸体检验法规、现场验尸流程、尸体现象以及近30种死亡方式的尸体检验方法。

《洗冤集录》里的一些检验方法虽是经验之谈，却与现代科学的研究结果相吻合。比如纸伞验伤法就是利用了光学原理，迎光撑着红色明油伞，能够更容易地发现尸骨的伤损，查明真相。这种方法和现代的紫外线验伤差不多哦。

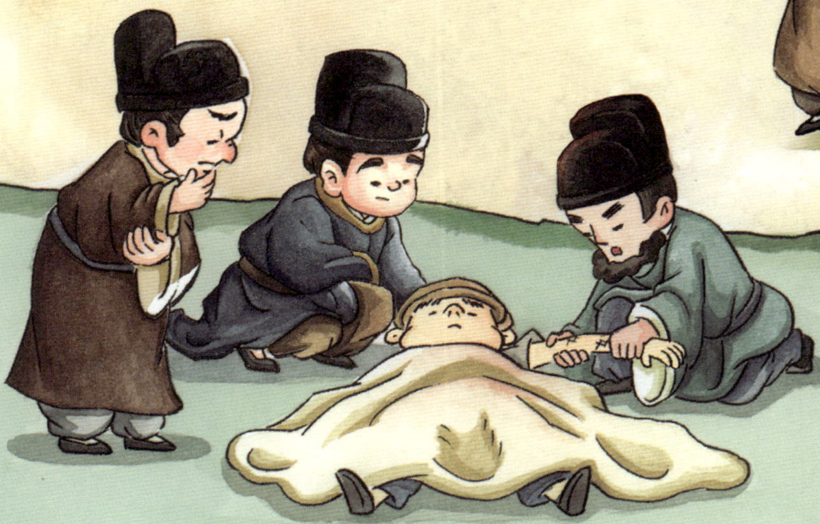

仵作：古代的“法医助理”

仵作又称“行人”，最初是替死人穿衣梳洗、装殓、抬棺的殡葬业者。宋朝时，仵作会协助官府验尸，类似于现在的法医助理。仵作的验尸工作必须在官员的指挥和监督下进行。仵作在仔细观察尸体后，要大声将所有细节当场报给主持官员，即使伤口不是致命伤也不例外。最后，由验尸官员得出鉴定结论。

《洗冤集录》中还提到了借助米醋、酒糟、白梅、五倍子等药物来处理伤痕、固定伤口、预防伤口在检验时因感染而发生变化，同时还可以令伤痕看起来更明显。与现代法医学相比，除了提到的药物不一样外，这些记载几乎与现代科学原理所差无几。

仵作的原则

仵作的工资虽低，但也不能受贿舞弊，弄虚作假。

在唐朝，一旦发现尸检结果不实，仵作将会面临杖刑、坐牢等严厉的处罚，即便是失误也需要承担责任。宋朝明令禁止仵作收红包，还强调“回避”制度，即与案件有利害关系的人员，均不能参与验尸。

主要参考文献

[1] 中国科学院自然研究史学所 . 中国古代重要科技发明创造 [M]. 北京 : 中国科学技术出版社 ,2016.

[2] 《中国大百科全书》编辑委员会 . 中国大百科全书 · 机械工程卷 [M]. 北京 : 中国大百科全书出版社 ,1987.

[3] 高鹏翔 . 中医学 . 第 9 版 [M]. 北京 : 人民卫生出版社 ,2018.

[4] 徐振韬 . 中国古代天文学词典 [M]. 北京 : 中国科学技术出版社 ,2008,64-65.

[5] 陈美东 . 中国科学技术史 · 天文学卷 [M]. 北京 : 中国科学技术出版社 ,2003,345-346.

[6] 戴念祖 . 中国科学技术史 · 物理学卷 [M]. 北京 : 中国科学技术出版社 ,2001,196-200.

[7] 马王堆汉墓帛书整理小组 . 五十二病方 [M]. 北京 : 文物出版社 ,1979,180-182.

[8] 黄龙祥 . 黄龙祥看中医 [M]. 北京 : 人民卫生出版社 ,2008,31-32.

[9] 徐琳 . 中国古代治玉工艺 [M]. 北京 : 紫禁城出版社 ,2011.

[10] 席泽宗 . 敦煌星图 [M]. 北京 : 文物出版社 ,1966(3):27-38.

[11] 闵宗殿 . 中国农史系年要录 (科技篇)[M]. 北京 : 农业出版社 ,1989.

[12] 钟少异 . 中国古代军事工程史 · 从上古到五代 [M]. 太原 : 山西教育出版社 ,2008,309.

图书在版编目（CIP）数据

画天空的人 /（土）圭克图・章巴巴著；（土）杰伊洪・沙恩绘；关博译 . -- 北京：科学普及出版社，2024.1（2025.10 重印）
ISBN 978-7-110-10648-8

Ⅰ . ①画… Ⅱ . ①圭… ②杰… ③关… Ⅲ . ①儿童故事 – 图画故事 – 土耳其 – 现代 Ⅳ . ① I374.85

中国国家版本馆 CIP 数据核字 (2023) 第 217669 号

北京市版权局著作权合同登记　图字：01-2023-2391

画天空的人
HUA TIANKONG DE REN

策划编辑：李世梅　封面设计：蚂蚁设计
责任编辑：李世梅　孙　莉　责任校对：吕传新
版式设计：蚂蚁设计　责任印制：李晓霖

出版：科学普及出版社　邮编：100081
发行：中国科学技术出版社有限公司　发行电话：010-62173865
地址：北京市海淀区中关村南大街 16 号　传真：010-62173081
网址：http://www.cspbooks.com.cn

开本：889 mm × 1194 mm　1/12　版次：2024 年 1 月第 1 版
印张：3⅔　印次：2025 年 10 月第 2 次印刷
字数：50 千字　印刷：北京顶佳世纪印刷有限公司

书号：ISBN 978-7-110-10648-8 / I・687　定价：50.00元

生命教育绘本

画天空的人

〔土〕圭克图·章巴巴 著

〔土〕杰伊洪·沙恩 绘

关博 译

科学普及出版社

·北 京·

又是一个阳光明媚的早晨，
天空中飘着一团团雪白的云朵。
和往常一样，
白云师傅愉快地开始了一天的工作。

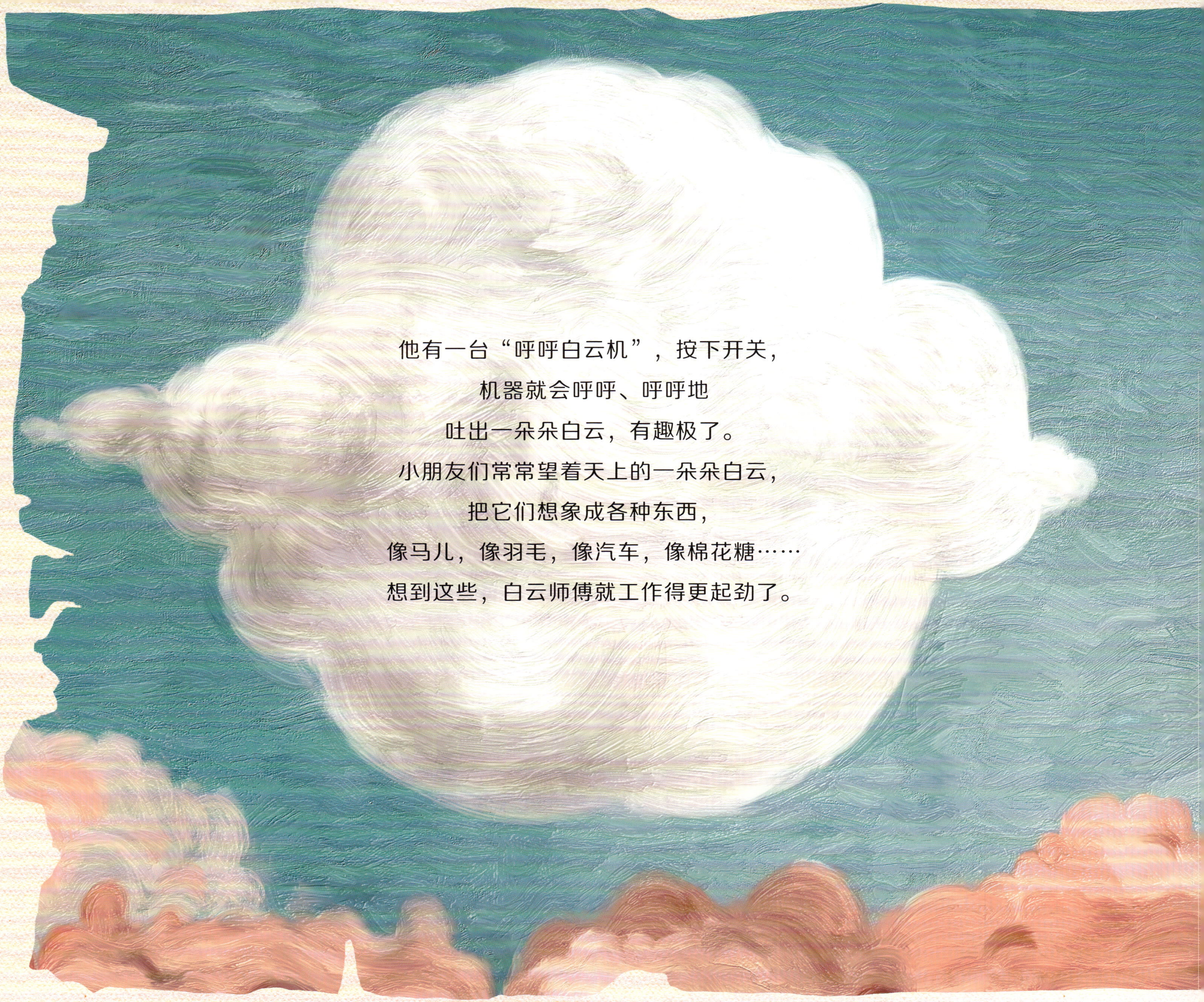

他有一台“呼呼白云机”，按下开关，
机器就会呼呼、呼呼地
吐出一朵朵白云，有趣极了。
小朋友们常常望着天上的一朵朵白云，
把它们想象成各种东西，
像马儿，像羽毛，像汽车，像棉花糖……
想到这些，白云师傅就工作得更起劲了。

常出现在天空中的除了白云师傅，还有星星姐姐。
每到傍晚时分，她挎着装满星星的篮子准时出现在天边。
把星星一颗一颗挂到天上，这可是她最喜欢做的事情。

当他们俩在空中相遇，
白云师傅会摘下帽子打招呼，
星星姐姐也会朝他亲切地挥挥手，
这时，她手腕上的星星手链就会丁零丁零地响起来。

在空中忙碌着的，还有我们的天空画师。
他腰里系着绳子，从月亮上垂到半空中，
在白云之间尽情地挥动画笔，
把天空涂成很深很深的蓝色，
于是，白天就变成了黑夜。

虽然天空画师享受自己的工作，
但有时也会觉得孤独。
星星姐姐和白云师傅可以愉快地聊天，
而自己却总是独自在黑夜里工作。
从来没人注意过自己，
想到这些，他难免有些失落。

“我要是能跟白云师傅一样就好了！”天空画师心想。
他也想开着帅气的“呼呼白云机”，在空中呼呼、呼呼地
变出一朵朵白云，给小朋友们带去美好的想象。

“或者，像星星姐姐那样闪闪发光也不错啊！”

那样的话，应该能被所有人看到吧。

一天晚上，天空画师突然有了个主意，

于是，他伸手把最近的一颗星星摘下来，挂在自己身上。

就这样，天空画师摘了一颗又一颗，

不一会儿，满天的星星都是他的了，

他变得像太阳一样，在天空中散发着闪闪金光。

飞机上的乘客、天上的小鸟、空中的微风，
见到天空画师金光闪闪的样子都十分惊讶，
大家都目不转睛地盯着他看。

“我终于被人们看到了！”天空画师太开心了，
画黑夜的事儿他全然抛到了脑后。
他顺着绳子滑落到地面上，得意地四处闲逛，
还走进人群，兴奋地和大家聊起天来。

高兴了没几天，天空画师就发现人们开始不对劲了。
不，不，不只是人类，连小动物们也都变得无精打采。
原来，天上没了天空画师，人间就不再有黑夜，
大家不能好好睡觉了，全都又累又困。
大伙儿都盼着黑夜赶快回来。

这时候，要是再看见闪着金光的天空画师，

那疲倦的眼睛就更难受了。

更糟糕的是，天空画师在光芒的中心待了太久，
连他自己也渐渐看不清东西了。
就这样，天空画师不小心闯进一个洞穴，
他的金光照醒了正在冬眠的狗熊。

天空画师想赶快逃出去，
却又失足跌进另一个漆黑的山洞，
这回被他弄醒的是可怜的蝙蝠。

天空画师十分委屈，他不知道怎么办才好。
就在这时，太阳公公出现了，
他来到画师身边，关心地问：
“你这是怎么了？为什么垂头丧气的？”
天空画师难过地解释说：
“我总是出现在黑夜里，没有人注意过我……”

“我想被人们看到，就把星星都挂到了
自己身上，”画师接着说，
“可现在，大家嫌我太亮、太刺眼，
他们都躲着我，不想看见我。”

太阳说："现在你明白了吧，没有你画出黑夜，
一切都会乱套的，会出大麻烦的。"
突然，他们听到身后传来阵阵呼喊。
回头一看，是狗熊，还有蝙蝠，哦，不只是它们，
所有睡不着觉的人啊、动物啊都来了！

“你瞧瞧，我们都变成什么样子了！” 大伙儿冲着天空画师齐声抱怨。

“不是非得闪闪发光才能被人看到。”太阳说。
“你是说，他们一直都能看到我？”天空画师惊讶地问。
“当然啦！”太阳说，“你可是了不起的天空画师呀，
是你让世界有了黑夜，是你给大家带来了美梦，
这一切都是你的功劳。”

听了太阳的话，天空画师明白了原来自己那么重要，
他决定把光芒还回去。
于是，天空画师把身上的星星一颗颗摘下来，
用深色斗篷包好，刺眼的亮光一下子就消失了，
自己的眼睛也又能看清东西了，他高兴极了。

顺着从月亮上垂下来的绳子，
天空画师老老实实地爬向天空，
那里才是他该去的地方。
一回到天上，天空画师就掏出画笔，
迅速在空中画出美丽的黑夜，
然后把星星也一颗一颗地挂回去。
看到这些，星星姐姐十分欣慰，
白云师傅也打开“呼呼白云机”，
愉快地为夜空补上云彩。
黑夜终于回来了！
这一晚，所有人都美美地进入了梦乡。

天空画师不再孤独，
他觉得很幸福、很满足，
因为人间最美的夜空，
都是他的作品。

圭克图·章巴巴

作家、摄影家。1981年生于土耳其首都安卡拉，2006年毕业于安纳托利亚大学新闻传播专业。长期从事摄影与文学创作，爱好旅行，曾深度游历亚洲多国。著有《灯笼鱼没了光》《行李箱里的猫》《寻觅森林》《狗狗在太空找主人》《精灵小屋》《我的背包里有故事》《月球上的美妙芹菜》《背包客的留言》等儿童作品20余部。

杰伊洪·沙恩

插画师。1986年生于土耳其布尔萨省，2009年毕业于恰纳卡莱三月十八日大学美术学院。为土耳其国内外多部儿童书刊承担插画工作。2012—2015年曾担任土耳其广电总台儿童杂志艺术指导，为该杂志多个栏目创作插图。

关博

1989年生，北京外国语大学亚洲学院土耳其语教研室教师，主要研究领域为土耳其现当代文学、中土文学翻译。编著《土耳其语讲中国文化》，主持国家社科基金中华学术外译项目《中国文化要略》（土耳其语版），翻译儿童绘本《看不见的窗》等。